ÇA
NE S'INVENTE
PAS!

DU MÊME AUTEUR

Dans la même collection :

Emballage cadeau.
Appelez-moi, chérie.
T'es beau, tu sais !
J'ai essayé : on peut !
Un os dans la noce.
Les prédictions de Nostrabérus.
Mets ton doigt où j'ai mon doigt.
Si, signore.
Maman, les petits bateaux.
Dis bonjour à la dame.
Certaines l'aiment chauve.
Sucette boulevard.
Remets ton slip, gondolier.
Chérie, passe-moi tes microbes !
Une banane dans l'oreille.
Hue, dada !
Vol au-dessus d'un lit de cocu.
Si ma tante en avait.
Fais-moi des choses.
Viens avec ton cierge.
Mon culte sur la commode.
Tire-m'en deux, c'est pour offrir.
A prendre ou à lécher.
Baise-ball à La Baule.
Meurs pas, on a du monde.
Tarte à la crème story.
On liquide et on s'en va.
Champagne pour tout le monde !
Réglez-lui son compte !
La pute enchantée.
Bouge ton pied que je voie la mer.
L'année de la moule.
Du bois dont on fait les pipes.
Va donc m'attendre chez Plumeau.
Morpions Circus.
Remouille-moi la compresse.
Si maman me voyait !
Des gonzesses comme s'il en pleuvait.

Les deux oreilles et la queue.
Pleins feux sur le tutu.
Laissez pousser les asperges.
Poison d'Avril, ou la vie sexuelle de Lili Pute.
Bacchanale chez la mère Tatzi.
Dégustez, gourmandes !
Plein les moustaches.
Après vous s'il en reste, Monsieur le Président.
Chauds, les lapins !
Alice au pays des merguez
Fais pas dans le porno...
La fête des paires
Le casse de l'oncle Tom

Hors série :

L'Histoire de France.
Le standinge.
Béru et ces dames.
Les vacances de Bérurier.
Béru-Béru.
La sexualité.
Les Con.
Les mots en épingle de San-Antonio.
Si « Queue-d'âne » m'était conté.
Les confessions de l'Ange noir.
Y a-t-il un Français dans la salle ?
Les clés du pouvoir sont dans la boîte à gants.
Les aventures galantes de Bérurier.
Faut-il tuer les petits garçons qui ont les mains sur les hanches ?

Œuvres complètes :

Vingt-deux tomes déjà parus.

SAN-ANTONIO

ÇA
NE S'INVENTE
PAS !

6, rue Garancière - Paris VIe

500ᵉ mille

Edition originale parue dans la même collection sous le même numéro.

Texte paru également dans le Tome XVI des *Œuvres Complètes* de SAN-ANTONIO.

© 1973 Éditions « Fleuve Noir » Paris

ISBN 2-265-03498-3

A Madeleine FERRAGUT,
En souvenir d'Ernest.

Tendrement,
S.-A.

PREMIÈRE PARTIE

TOUT EST HOCKEY
MAIS RIEN N'EST O.K.!

CHAT PIRE PREMIER

— Nous attendons votre notation, monsieur le président, murmure le brigadier Poilala à l'oreille de Bérurier.

Le Gros se cure une molaire en forme de vide-poche d'un ongle riche en calcium, examine son extraction, puis, l'estimant impropre à une reconsommation immédiate, la dépose en attente sur le revers de son veston.

— Je sais bien, fait-il, seulement j' sus comme le père Plexe, moi : dans l'indécision de mon espectative. Si j'y cloque le zéro dont auquel il mérite, il va se retrouver chez plumzingue, le concurrent ! C'est éliminoire, un zéro. V'là un des dix lemmes de ma qualité de jury. Coincé entre mon bon cœur et ma conscience, que voussiez-vous que je fisse ? Bon, allons-y pour un 2, mais c'est bien parce qu'il est natif de Juliénas, le concurrent ! Au suivant !

Je regarde, en tétant mon Davidoff number One, le curieux aréopage rassemblé derrière le tapis vert de la table. Outre le président Béru et le brigadier Poilala, y figurent également les inspecteurs Duneut, Cédugnon et Siraudecoude, c'est-à-dire la gentry des tabasseurs de la Rousse. Car l'événement du jour n'est autre que le grand concours inter-police annuel de Passage à Tabac. Vous le savez trop pour l'ignorer ; les méthodes policières se sont radicalement transformées depuis l'avènement du gaullisme et aucun policier de la nouvelle vague ne se permettrait de lever la main (voire plus simplement le pied) sur un prévenu. Pourtant, les « vieux de la veille » usent encore parfois de ces procédés que d'aucuns jugent brutaux, mais qui ne sont en fait que débonnaires. Comme le Tour de France, le Passage à Tabac est en voie de disparition. Pourtant, il conserve encore des partisans, et c'est cette vieille garde fidèle qui continue d'organiser le concours ci-dessus mentionné. Les concurrents sont, pour la plupart, soit de vieux agents blanchis sous le baudrier et qui cherchent une consécration avant la retraite, soit de jeunes inspecteurs, fils de policiers dont l'influence paternelle s'est fait sentir, et qui portent ainsi témoignage de leur éducation. Les participants tirent au sort leurs « clients », lesquels sont recrutés dans des rafles.

Chaque concurrent procède à deux passages à tabac. Un jury hautement qualifié note chacune des prestations et c'est, bien entendu, le flic ayant réussi la meilleure moyenne qui remporte le concours.

Pour l'instant, un jeune agent fait figure de lauréat en parvenant à faire avouer à un Arabe piqué dans une bagarre de banlieue qu'il a assassiné Henri IV.

— Suivant ! réitère le Gros, doctoral dans son rôle de président.

On amène un gros prévenu adipeux et un vieil agent sclérosé du kibour.

Le prévenu est prié de s'asseoir sous un projecteur de dentiste. L'agent, lui, demande la permission de se mettre en manches de chemise.

— Refusé ! jette sèchement Alexandre-Benoît. Tu peux être amené à dérouiller un gus sans que t'eusses le temps de procéder à ton confort personnel et intime. Le vrai passeur-à-tabac a pas besoin de remonter ses manches. Paré ?

— Paré, monsieur l'inspecteur principal, bavoche le bonhomme, éperdu de confusion.

— Cinq, quat', trois, deux, z'un, zéro ! décompte le Mastar.

Coup de gong.

Car le temps imparti pour un interrogatoire n'est que de cinq minutes.

Illico, le vieux gardien de la paix allonge un bourre-pif au prévenu qui se met à raisiner de la gouttière.

Béru se penche sur Poilala.

— Le président donne un avertissement au garde Morove-Haches pour déprédation du matériel de concours ! annonce-t-il. Il est rappelé aux participants que les prévenus mis à leur disposition doivent être rendus dans l'état où on les a trouvés en arrivant !

Comprenant que ses chances sont désormais nulles, l'incriminé s'excuse et abandonne.

Lui succèdent alors un petit prévenu à tête d'oiseau nouvellement né et un jeune inspecteur plein d'avenir nommé Torniolli, Corsico, sévère, à l'œil pâle et au poil brun.

Le gong !

Torniolli passe derrière le siège de son « patient » et se penche sur lui. D'une main de virtuose le policier commence à pianoter la glotte du petit homme. V'là l'individu qui glafouille, éructe, bredouille et expectore.

Torniolli se redresse.

— Je sollicite de la bienveillance du tribunal la participation d'un interprète, déclare-t-il. Mon sujet parle anglais, langue que je ne comprends pas.

Bérurier ôte son chapeau dont il torchonne le cuir intérieur avec sa cravate.

— Si je serais pas président je vous traductionnerais, inspecteur, déclare-t-il, vu que je cause aussi volontiers que couramment ce dialecte, mais je ne peux être à la fois juge imparti. Est-ce que le commissaire San-Antonio, dont je l'aperçois qui se fait tout miniard dans son coinceteau, voudrait nous prêter l'aimable collaboration de sa menteuse ?

— Banco ! accepté-je en m'avançant.

— Allez-y, inspecteur Torniolli ! invite le président Bérurier.

Le Corse aux cheveux plats entreprend sa victime. D'une poigne nerveuse, il tord la cravate du gars, tandis que de son autre main, il lui martèle le plexus. Le manège dure peu, mais il est efficace. En cinq secondes, le gars violit et suffoque.

— Identité ! aboie Torniolli.

Je traduis.

L'homme à tête d'oiseau non emplumé a une voix d'eunuque efféminé.

— Je m'appelle Hanjpur-Hanjrâdhieu, dit-il en ahanant. Je suis hindou et je tiens un comptoir à Chandernagor.

Je répète à Torniolli.

Ce dernier, tel un Saint-Cyrien se préparant à attaquer un régiment de uhlans, enfile des gants blancs. Il passe l'index et le médius de sa main droite dans les narines dilatées de l'Hindou et pousse en donnant des coups de genou sur son coude replié.

Hanjpur-Hanjrâdhieu gémit. Torniolli cesse de le molesnez.

— Que fait-il en France ?

L'Hindou n'oppose pas la moindre résistance. Il parle, parle, dans un anglais nasillard (à cause surtout du dernier traitement infligé par l'inspecteur).

Il dit qu'il est jeûneur de l'équipe de hockey sur

glace hindoue venue à Paris rencontrer l'équipe de France.

Pourquoi il a été appréhendé? Il se l'explique mal. On l'a embastillé au moment où il venait de mettre le feu à une péripatéticienne. Celle-ci lui ayant avoué qu'elle était veuve, ce réflexe était normal, non?

Mais Torniolli n'a pas d'égards pour les mœurs et coutumes d'Asie.

— Que sait-il? demande ce jeune espoir de la flicaillerie.

Tournant du match, toujours. Un court préambule, puis la question fatale. S'agit de pas la rater. La planter bien droit dans le caberlot du mec. Pas lui laisser l'envie d'ergoter. Ponctuer d'un sévice impeccable, simple et efficace. L'art du passage à tabac est basé sur une démoralisation synchronisée de l'intéressé. Tout individu, même des plus endurcis, a ses instants dépressifs, le jeu consiste donc à le questionner au moment précis où il est au creux de sa vague.

Pour « aider » le brahmane à accoucher, Torniolli lui prend la tête à deux mains et imprime des secousses au chef d'Hanjpur comme s'il escomptait le lui dévisser. Le brahmane se met à brahmamer comme un putois hindou.

— Que sait-il? darde alors le concurrent. Je réitère la question.

— Je n'y suis pour rien! répond véhémentement Hanjpur-Hanjrâdhieu, moi j'avais refusé.

Y a toujours un instant jouissif dans notre fichu métier, c'est lorsqu'un bonhomme interrogé « à blanc » si vous voulez bien me passer l'expression (et si vous ne voulez pas je vous en pousse vingt-deux centimètres en direction des amygdales) se met à raconter des trucs qu'on ne lui demandait pas. C'est la pochette-surprise de cette profession tant décriée par ailleurs (et aussi par-devant). Comme de bien

vous vous doutez, je n'attends plus les directives de
Torniolli pour y aller de la chansonnette. Une
phrase comme celle qui vient de m'être allongée et il
me pousse des ailes à la langue, mes filles.

— Vous aviez refusé quoi ?

— De me charger des vingt kilogrammes (il a dit
kilogrammes, parce que chez les Hindous, le moindre gramme compte) d'héroïne.

— Qu'est-ce y raconte ? sourcille le concurrent.

Va te faire embrasser la tonsure, l'abbé ! T'as qu'à
apprendre l'anglais, fiston ! Y a des cours gratoches
à la tévé !

Moi, je vous regarde me voir venir. Béchus
comme cent pipelettes, vous vous dites, in extenso et
en catimini, la chose suivante : « Bon, ça va,
compris, il se caille pas, le San-A. ! Va nous réchauffer une quelconque affure de drogue inopinément
découverte, le beau commissaire. L'Inde, tu penses,
il allait pas rater l'arbre à came, ce malin ! Tout de
suite la drogue, servez chaud ! Ouvrez grands vos
trous de nez, c'est sa tournée, au gamin de Félicie.
Eh ben, non, mes gueux vomiques. Me virgulez pas
trop vite l'anathème sur le coin de la frime, qu'ensuite vous auriez l'air de glandus, pour pas changer.
Laissez-moi développer c'te vache aventure à changement de vitesse automatique et freins à disques.
Ce qui va advenir, ça vous en bouchera une telle
surface qu'il faudra vous sonder quand vous aurez
envie de chialer.

— Qui voulait vous remettre ces 20 kilos (en
France, pays capitaliste, on sucre les grammes)
d'héroïne ?

— Quelqu'un, dans mon pays.

— Qui ?

— Quelqu'un que je ne connaissais pas.

— Si vous avez refusé, qui donc a accepté ? fais-je
d'une voix terrifiante.

— Qu'est-ce y raconte ? insiste Torniolli.

— La ferme, hé, pelure ! fulminé-je. Ça veut prendre du galon dans la poulaille et ça ne connaît même pas l'anglais ! Fallait faire tes études à la tour de Babel, connard !

Je perds mon sang-froid, comme disait Sancho, mais j'ai horreur d'être importuné en pleine interrogation orale. Ça me fait comme si un guignolet me tirait par la manche pendant que je mets à feu le module d'une frangine. Torniolli devient blanc comme un yaourt de régime et se le tient (à deux mains) pour dit.

— Hein ? répété-je. Qui a accepté d'amener cette camelote en France ?

— Flahagran-Dehli, le goal de notre équipe.

— Comment le savez-vous ?

— Eh bien, je... Flahagran-Dehli a eu déjà des ennuis avec la police hindoue et je... Il m'a semblé...

— Il vous a semblé qu'il était le gars idéal pour accepter ce job. Moyennant une honnête commission, vous l'avez branché sur cette affaire, non ?

Mon interlocuteur baisse le nez.

— A qui doit-il remettre la came ?

— J'ignore.

— Où l'a-t-il planquée ?

— Dans le matelassage de sa tenue d'hockeyeur.

Je souris.

— Good planque, en effet. Fallait y penser. Cet échange doit se produire à quel moment ?

— A l'issue du match.

Je regarde ma montre. La rencontre France-Inde a déjà commencé. M'est avis que je serais bien inspiré si j'allais faire un tour du côté de la patinoire.

Compte tenu de mon grade et de mon autorité, le jury s'applique à ne pas trop me faire la gueule, pourtant sa réprobation se lit dans les prunelles de ces messieurs, comme le nom de Pompidou sur une affiche U.N.R. en période électorale.

— Embastillez ce mec et gardez-le au placard! enjoins-je.

Bérurier se racle la gorge, ce qui produit le bruit bizarre d'une jeep en train de se désenliser grâce à son « crapautage ».

— Tu m' permettras de t' faire observer que tu fausses la contrepétition, déclare sans ambage Sa Majesté l'Enflure. L'inspecteur Torniolli était bien parti, avec quasiment le maillot jaune, et pis tu y arraches la couverture des mains pour tirer les marrons des plumes du paon, c't' un procédé un chouïa cavayier, Mec. Ce, à d'autant plus forte raison qu'étant le supérieur hiératique du candidat, tu lui laisses pas la possibilité d'insurger.

— C'est quoi, le prix du passage à tabac? coupé-je.

— Outre le diplôme d'honneur, cent paquets de gris.

— Eh bien, qu'on les refile à Torniolli. Il a gagné de mille encolures. Quant à toi, ramène ta cerise et fonçons.

— Tu charges, Gars! Et les délibérations du jury?

— Dépose ton bulletin et rapplique, te dis-je. Il serait regrettable qu'un président se fasse virer à coups de pompes dans les noix!

Le Gros se lève.

— Méames, messieurs, dit-il gravement, je dois me déjurer car le devoir m'appelle. Il a une sale gueule, mais faut malgré tout y répondre présent. Bonne continuation et que le meilleur gagne.

Ayant proféré, il me suit, le bitos enfoncé jusqu'aux sourcils, les mains aux fouilles, la démarche plombée.

— Pourquoi as-tu commencé ton allocution par

« mesdames-messieurs », m'étonné-je. Il n'y a pas
de dame ?

Le Mammouth hausse les épaules.

— On vit une époque qu'on peut plus dire qui
lancebroque sur l'évier.

*
**

— Où qu'on va ?

— Au match de hockey sur glace France-Inde,
mon Loulou.

— Quelle idée d'aller se congeler les prunes,
ronchonne Pépère. Tu trouves que la température
est pas assez basse commak ? Et puis d'abord, c't' un
jeu que j'y pige néant. C'te petite bricole qu'ils y
galopent tous après, t'as pas le temps de la retapisser
qu'elle est déjà à l'aut' bout de la banquise. Pour
qu'on puisse suivre, faudrait qu'ils jouassent avec
une pierre de curlinge, là au moins, on suivrait les
volutions.

Comme nous débouchons dans la cour de la
Grande Taule je m'arrête.

— T'as ta pompe, Gros, je viens de filer la
mienne au garage du coin pour une vidange-grais-
sage.

— La mienne, grommelle Pépère, elle fait le beau
sur ses pattes de derrière au cul d'une dépanneuse,
consécutivement à l'emplâtrage d'un camion qui m'a
servi de freins. Faut se rabattre sur les bahuts.

Un sort heureux nous en préserve. En effet, notre
dévoué camarade César Pinaud survient, au volant
d'une 2 CV ahurissante, juste comme on déboule de
la maison Pébroque.

Un coup de projo sur le véhicule ?

Fastoche !

A première vue, ce pur produit des établissements
Citroën évoque quelque bagnole de pompiers

ruraux. C'est rouge, c'est bardé de trucs en cuivre rutilant. C'est muni d'une échelle, tout comme un petit ramoneur, ça possède des pare-chocs plus larges que des corsets de diva d'opéra ; c'est garni de phares à l'avant et à l'arrière, ça fait un bruit de vieille Bugatti, ça possède des pneumatiques de tracteurs ; ça n'a presque pas de vitres ; ça a des antennes (tous les insectes bizarroïdes en ont) ; c'est surbaissé, mais ça reste une 2 CV, envers et contre tout. D'ailleurs les deux chevrons caractéristiques ornent le capot.

Un hululement de steamer perdu dans les brumes de la mer du Nord retentit. Qui se voudrait joyeux, mais reste caverneux comme un vêlement de vache dans une caverne. Comme le cri de l'aurochs en rut. Comme la Marseillaise enregistrée en 78 tours et diffusée en 33.

Baderne-Baderne descend de son carrosse, impec, radieux dans un pardingue gris éléphant à col de loutre lapinée, le chef sommé d'un feutre d'expert en accidents à petit bord relevé.

— Hello ! les gamins ! américanise-t-il en s'avançant, la main tendue dans des gants de pécari frileux.

— C'est à toi, « ça » ? demandé-je en désignant le véhicule étrange.

— Parfaitement, et j'en suis fier, répond péremptoirement le fossile.

— En somme, c'est une automobile ? demande Bérurier, non sans quelque perfidie dans l'intonation.

— Qu'entend-il par là ? sourcille la Vieillasse.

— Simplement, traduis-je, il voudrait savoir si cette chose progresse de soi-même à l'aide d'un moteur, ce dont on serait en droit de douter, compte tenu de son aspect insolite.

Le Flétri écrase une chiassure de zœil avec la pointe pataude de son index ganté.

— Mes chers amis, dit-il, je viens de me payer une folie. Ce sont mes étrennes. Il s'agit là d'un prototype réalisé à ma seule intention et que la foule m'envie, si je m'en réfère aux exclamations saluant mon passage. Je commençais à en avoir ma claque de ces voitures faramineuses dont se régalent les espions de cinématographe. Je me suis dit : « Et pourquoi ne mettrions-nous pas ces voitures gadgets en pratique ? Pourquoi la réalité ne dépasserait-elle point la fiction ?

— Elle la dépasse, assuré-je en faisant le tour de l'engin. Tu ne peux pas savoir, Pinuche, à quel point elle la dépasse. Elle fait même mieux que la dépasser : elle lui prend un tour ! Tu nous fais visiter ta Foire du Trône ambulante, ou bien devrons-nous nous contenter de la brochure ?

La joie rayonnante de César le met à l'abri des sarcasmes les plus chagrins.

— Vous n'allez pas en revenir, assure le cher homme. Avant tout, laissez-moi vous apprendre que le moteur d'origine a été remplacé par celui d'une *Salmson* de compétition acheté à la casse. Cette chétive 2 CV grimpe à 250 km/h, c'est dantesque, non ?

— Aftère ? coupe Gradube, nullement impressionné.

— Elle est munie d'un châssis spécial, provenant d'une Bentley incendiée par des grévistes. En outre, elle a des pare-chocs récupérés par la S.N.C.F. lui permettant d'essuyer les chocs les plus rudes sans subir de dommage. Les vitres sont en verre spécial qui met les passagers à l'abri des balles. En cas d'urgence, les sièges sont, non pas éjectables, mais basculables, ce qui vous permet de passer directement de l'auto au fossé. A l'arrière, il y a un réservoir à clous de tapissier, afin de se prémunir contre les autos suiveuses. A citer également deux projecteurs à l'arrière et à l'avant pour les poursuites nocturnes.

Il se tait et caresse amoureusement la carrosserie cardinalice du véhicule hors série, comme on flatte la croupe de son cheval après une longue chevauchée.

— Eh ben, dis donc, p'tit homme, soupire Bérurier, t'es devenu not' J'abonde, comme qui dirait. Qu'est-ce y t'a bricolé ce bolide?

— Un neveu de ma femme qui vient d'acheter un petit atelier à Levallois et que l'automobile passionne.

— Belle réussite, conviens-je en prenant place à bord de son vaisseau spécial, si t'en as pas l'usage dans la rousse, je suis sûr que tu pourras te reconvertir chez Barnum. En attendant, drive-nous à la patinoire, je ne veux pas rater la fin du match de hockey France-Inde.

L'Echarde se place à son siège sans tergiverser.

— Je croyais que les Hindous ne pratiquaient que le hockey sur gazon? objecte-t-il.

— Les temps ont changé, Pinuche : ils n'ont plus de gazon, les vaches sacrées l'ont tout bouffé.

Le Limoneux opère un démarrage impressionnant. Nous avons brusquement le support-à-sac tyrolien plaqué au dossier du siège.

— Hé! Vas-y mou, César! rouscaille Béru. Tu te crois à la Nasa, mon pote!

Le Mélodieux n'a cure de la protestation. Fier de son prototype, il appuie sur le champignon, ravi des regards éberlués qui convergent sur nous.

Et c'est ainsi, mes amis, que nous fonçons, à bord de cet engin apocalyptique, vers la plus follingue des aventures.

CHIPE RAT DEUX

Contrairement à mon estimation, le match France-Inde n'est pas commencé lorsque nous déboulons à la patinoire. Il reste des places vacantes : plusieurs côtés de la patinoire ! Ce rude sport n'est pas encore très apprécié en France et, en outre, le froid très vif de cet après-midi incite davantage à se rendre au cinéma ou au claque.

Une rencontre préliminaire s'achève, qui vient d'opposer l'Athlétic Parisien des Universitaires et Travailleurs (l'A.P.U.T.) au Marseille Athlétic Club (le M.A.C.). L'A.P.U.T. s'est imposé grâce à de très nombreuses passes. Les hommes du M.A.C., pour leur part sont des garçons bouillants qui se mettent facilement en crosse et se retrouvent trop souvent en prison. L'A.P.U.T. n'a pas peur des allées et venues. Cette équipe a le sens du patin et joue volontiers la touche, alors que le M.A.C., lui, cherche à imposer sa loi par le milieu. A l'issu de cet affrontement où la prestation de chaque équipe fut remarquable, on enregistra quelques heurts entre l'A.P.U.T. et le M.A.C., pourtant l'esprit sportif retrouvant son élégance naturelle, la glace fut vite rompue et tout redevint O.K... Mais qu'est-ce que je fais, moi ! Voilà-t-il pas que j'écris le compte rendu pour *l'Equipe* ! C'est fou ce que je peux être distrait !

Nous nous installons en bonne position. Bientôt

les équipes internationales font leur entrée.
L'équipe de France est en scaphandre tricolore avec
un pingouin (dans l'attitude du coq gaulois) sur la
poitrine. L'équipe de l'Inde, en Michelin gonflé à
2,5 vert, blanc et orange, avec le petit zinzin bleu de
son drapeau dans le blanc. Aussitôt le pick-up de la
Garde Républicaine interprète les hymnes natio-
naux. Les paroles de la Marseillaise ont été quelque
peu modifiées pour la circonstance, au lieu de
« Marchons, marchon on ons » on a mis « glissons,
glisson on ons ». Mais l'interprétation étant pure-
ment musicale, cette substitution passe pratiquement inaperçue. L'hymne hindou, enfin! Le refrain
est sur toutes les lèvres « Foutons-nous du Gandhi-
raton, etc., etc. »

Les joueurs se tiennent au garde-à-vous et présen-
tent les armes à l'aide de leurs crosses. Ils sont
terrifiants dans leurs beaux costumes martiens. Les
gardiens de but, surtout, à cause de leurs masques.
Celui du goal français représente la reine d'Angleterre, ce qui, à mon sens, constitue une faute
psychologique grave, ce masque ne pouvant qu'exci-
ter la furia hindou. Quant à l'homme qui m'intéresse, Flahagran-Dehli, le gardien de but de l'équipe
adverse, il s'est fait la tête de Debré afin de couper
les jambes aux avants trop pressants en les faisant
rigoler comme un pensionnat de bossus.

Les deux arbitres sont suisses, l'un s'appelle
Constantin Vacheron, et l'autre Philippe Pateck, ce
qui ne les empêche pas de bien s'entendre et d'avoir
la même heure à leurs Piaget.

Le palet (de glace) est lâché!

C'est le rush!

Que dis-je : la ruée!

Duel de crosse. Valse des patineurs. Chocs! La
glace crisse sous les fers. Il y a un tumulte de
combinaisons multicolores.

Le petit disque noir valdingue dans la cage française, comme une rondelle de caoutchouc arrachée au pilon d'un unijambiste (14-18).

But !

Les quatorze spectateurs applaudissent, sauf un qui est français (il fait partie de la commission de sécurité et son travail L'OBLIGE à assister au match). V'là l'Inde qui mène déjà un à zéro après dix-huit secondes de jeu ! Ça promet. Heureusement, le concierge de la patinoire (il vend des esquimaux pendant les tiers-temps) a la bonne idée de brancher un disque où douze mille personnes hurlent « Allez, France ! »

Le fracas, la clameur survoltent nos joueurs qui se ruent sur les buts adverses. Hélas, ils ont oublié le palet, si bien que les joueurs hindous ne se donnent même pas la peine de les courser et rentrent un second but en jouant à la marelle.

C'est alors que se place un incident regrettable, et qui vaudra un deux (au-dessous de zéro) à son auteur dans la page sportive de *France-Soir,* demain.

Furieux, un joueur français lève sa crosse comme s'il s'agissait d'un club de golf et l'abat à toute volée sur la tempe de Flahagran-Dehli.

Le goal hindou s'écroule. Le public conspue. Les arbitres interviennent et chassent le colérique. Arrêt de jeu ! Les coéquipiers du malheureux gardien de but entourent ce dernier. On lui fait respirer une tranche de jambon (ce qui est radical en Inde) mais il reste dans le coltar. Pas moyen de le ranimer. Deux infirmiers se pointent bientôt avec une civière et pas de crêpe sous leurs chaussures, si bien qu'ils ne tardent pas à jouer « Troïka sur la Piste Blanche », traversant à fesses la totalité de la patinoire. Les hockeyeurs les relèvent. Ça confusionne de plus en mieux. L'un des hommes en blanc s'est fêlé le coq-six ce qui va l'obliger de transvaser le contenu de son

slip sur son oreiller. On emporte tout de même
Flahagran-Dehli hors du skatinge.

— Qui m'aime me suive! dis-je à mes deux
lanciers du feu de Bengale.

— Quoi! On se barre déjà! Alors qu'y a de la
chicorne dans l'air! explose le Mafflu.

— Yes, m'sieur le président!

On est dehors avant les infirmiers clopineurs.

— Qu'attendons-nous? fait Pinuche dont le
calme est immuable.

— Eux, dis-je en montrant le trio en forme de H
dont la barre centrale serait très allongée.

Les ambulanciers ambulancent la victime de la
hargne française. Et puis, déclenchent leur tintin
tin! sur l'air de « C'est trop tard ».

— Tu les suis! enjoins-je au Major Campbell
nouvelle manière, amélioré système D.

— Quelle idée!

— Elle en vaut une autre!

On déhote en trombe.

Et en trompe, car l'avertisseur du Pinuchet est une
sonnerie de cors d'échasse enregistrée sur boucle.

La D.S. ambulancière se met à tracer dans les rues
de Paname. On lui colle facile aux boudins.

Béru fulmine à l'arrière de la 2 CV dont il occupe
toute la largeur, tellement il planture, cet infâme.

— C'est pas que je tienne à discutailler tes lubies,
Mec. Seulement j'aimerais piger. Si tu voudrais nous
faire l'aumône d'une pointe explicative, tu nous
écarterais les dangers d'infrastructure du mocarde.

Bon prince, je leur virgule un résumé exprès.

— Il paraîtrait que la tenue du goal blessé
contiendrait 20 kilos d'héroïne. J'aimerais bien assister à son décarpillage, comprenez-vous?

— Slave a de soie, répond le Mastar. Mais qu'est-
ce tu mates avec ostination, en arrière, Gars? Te

voilà à choper la torticole, tellement tu te détranches.

— Je vérifie si l'ambulance est suivie, monsieur Duconlajoie.

— Ben, elle l'est par nous autres, non ?

— Il se pourrait qu'elle le fût également par d'autres, Baron.

— Ah voui ?

— Il est probable qu'après le match, le gardien de but allait remettre son vêtement rembourré-came à ses correspondants français. Si ceux-ci assistaient à la partie, ils doivent se cailler la laitance de voir évacuer leur bonne marchandise, on peut donc supposer qu'ils escortent le goal à l'hosto.

Alexander-Benito opine et me prête obligeamment le concours de ses chers deux z'yeux.

— Je vois rien d'anormal, assure-t-il.

— Dans cette circulation, il est duraille de repérer un ange.

— Tout de même, pour un homme quai des orfèvres en la matière, ça trompe pas, la filoche.

La bagnole plonge sur la rampe d'accès à la voie des berges. L'allure augmente sensiblement. On fonce en direction de la gare de Lyon. On dépasse le pont d'Austerlitz, inondé de soleil, pour continuer sur le quai de la Rapée. Puis c'est le souterrain de Bercy...

— Mais à quel établissement l'emmène-t-il ? s'exclame Pinuche. Vous voyez un hôpital dans ce secteur, vous ?

Je ne réponds pas. Une idée absolument neuve me trotte par la tête, dont je vais vous faire bénéficier malgré qu'elle ne soit pas encore déballée.

Je me dis en catastrophe :

— Et si l'accident était bidon ? Si Flahagran-Dehli simulait le coma ? Si les deux infirmiers n'étaient pas de vrais infirmiers ? Hein, mes gueux ?

Ça vous la sectionne ! Vous n'aviez pas pensé à ça, avouez ?

Pour une raison qui m'échappe, les trafiquants ont préféré procéder par la bande. Accident en cours de match. On transporte le blessé à l'hôpital. Quoi de plus normal, qui donc irait se gaffer d'une astuce pareille ? Peut-être est-ce l'arrestation d'Hanjpur-Hanjrâdieu qui leur a filé le traczir et les a amenés à se comporter ainsi...

— Hé, dis, mais ils ont le feu au dargif, les brancardiers, murmure Béru. T'as vu comment ils champignonnent. Faut croire qu'a urgence pour le blessé. L'est p't'-être en train de larguer la rampe, votre gaule...

La D.S. blanche vire dans les méandres de l'échangeur, après Bercy, et emprunte la bretelle menant à l'Autoroute 6.

— Appuie ! dis-je au Poussiéreux, ne te laisse pas distancer.

— Pas de danger, répond le cher homme. Comprends un peu ce qu'est un moteur de Salmson, mon ami. Je vais accélérer, attention !

Il s'acagnarde bien sur son siège, assure le volant dans ses mains flétries et d'un coup de semelle énergique, presse à bloc le champignon. Il se passe immédiatement quelque chose.

D'insolite.

Tout d'abord, un bruit, jamais ouï. Quelque chose de terrible, de caverneux, comme si mille lions rugissaient simultanément dans une crypte, avec, en sous-impression sonore, un crissement métallique suraigu. La 2 CV pour James Bond de grande banlieue se met à trépider follement. Et puis il y a une explosion, non : pas une explosion, plutôt un fracas de cassure sismique. On pique du nez contre le pare-brise. La tuture paraît s'être mise à genoux.

Devant nos yeux, des myriades d'étincelles! Une féerie!

On tangue un peu... On roule plus lentement. Mais qu'aperçois-je, au loin, véloçant tel un météore? Je vous le révèle? Oui, faut? Bon! *L'avant de la bagnole,* braves gens! Le bloc moteur coiffé du capot, et les deux roues avant motrices. Une vraie fusée! Un missile (dominicile). Il se rue vers des catastrophes. Rattrape la D.S. L'emplâtre magnifiquement! La soulève de terre! Lui communique ses instincts aéronautiques! L'ambulance n'adhère plus à la chaussée. Elle bigorne le parapet. Le brise. Passe outre! Disparaît.

Bérurier réagit le premier.

Sa main ferme se pose sur l'épaule en goulot de bouteille Perrier de Pinuche.

— Dis voir, bonhomme, murmure-t-il, ton neveu, le bricoleur, ça serait pas le roi des cons qui se serait déguisé en garagiste, des fois?

— Pas trop de bobos, messieurs? demandé-je à la cantonade.

Pinaud, commotionné du moral, sort son râtelier sans rien dire et le regarde comme s'il espérait que ces fausses dents en résine vont parler pour lui. J'aime bien le vert-poireau de sa figure en chandelle fondue. Il a le chef oscillant, César. Son cou de dindon semble monté sur ressort.

— Pour la part d'en ce qui me concerne, exceptées quelques effusions internées, je m'en sors avec les honneurs de naguère, déclare Béru. Et à vous voir, à part la chiasse de Pinuche, je crois qu'on peut inscrire néant au tableau d'affichage des plaies et bosses.

Rassuré, je prends mes coudes au corps de mes

jambes à mon cou et je pique un sprint qui laisserait pantois mon ami Guy Lagorce (un fameux homme d'équipe). Elle a eu son autonomie sur au moins huit cents mètres, la moitié de bolide à Pinaud ! De quoi prendre suffisamment d'élan pour s'arracher à la traction (et à l'attraction) terrestre ! Devenir obus ! Comme disaient les velus de 14. Accomplir une œuvre dévastatrice ! Ramoner l'obstacle : en l'occurrence l'ambulance de mes messieurs !

Y a déjà plein de chignoles stoppées de part et d'autre de l'autoroute. Des curieux imprudents (pléonasme) qu'ont traversé pour aller mater le parapet brisé. Un garde-fou défoncé, c'est magique. Je vous mets au défi d'y résister. Faut qu'on s'en approche. Irrésistible. Un truc protecteur sous-entend le danger. Quand il n'a pas protégé, on a besoin du résultat. On veut voir ! Je découde du corps pour en jouer (des coudes). Me parvenir au premier rang, first place en bordure de l'abîme ! Vue imprenable ! Poussez pas ! Madoué, ce spectacle ! Vingt-trente mètres plus bas, là que le remblai ne remblaie plus ! Sur un terre-plein, feu de joie ! La Rôtisserie de la Reine Pétoche ! Ce brûlot ! « Volga en flammes » ! *The last days of Pompéi !* L'incendie de Chicago ! Çui des Nouvelles galeries ! De l'Opéra de Pantruche ! Moscou abandonné par l'Empereur ! Ça crépite ! Ça pétille ! Fuse, gronde, éclate, gicle, explose, pétouille, se convulse, tortionne, crame ! Ça chauffe ! Le foyer rend comme translucide ce qui se trouve en son sein. On voit des mecs se tortiller au ralenti ! Des hommes en feu et qui se biscornent. Qui se foutent en cloque ! Qu'ont des gestes d'algues. Dont les cris brûlent avant que d'être exhalés. Des hommes dont la matière est combustible. Des hommes qui nous meurent devant sans qu'on puisse rien tenter. Vision atroce. Démence... Des dames évanouissent. Des hommes claquent des dents. On se sent périssables. A bout d'horreur. Crayeux de partout.

Le Gravos, essoufflé, me rejoint. Il mate. Rejette son bada en arrière, comme chaque fois dans les cas d'exception. Et puis il murmure ces mots que je vous laisse méditer à loisir :

— Mince, quand tu vois ça, tu réalises que Jehanne d'Arc, ça a pas dû avoir été de la tarte !

Deux plombes plus tard, dans un troquet, près de la glorieuse maison Bourremane and Cul...

Trois hommes à mine basse, avec l'oreille et la queue basses, parlent à voix basse.

Ils ont nom Bérurier, Pinaud, San-Antonio.

Une pesanteur étrange les accable. Ils n'osent se regarder. Ils fixent leurs verres. Les vident. L'évite. Lévite, L'évide.

J'efforce de penser à autre chose. Le meilleur remède que je connaisse consiste à prendre un proverbe et à le retravailler. C'est l'aspect manuel de la pensée. Tu prends des mots et tu retrousses tes manches. Après quoi tu pétris. Bientôt ton attention se fixe sur ta besogne. Le seul gars au monde qui soit vraiment distrait de sa mort, c'est le manuel. Le soudeur à l'arc, derrière ses lunettes fumées et son bec bleuté, tu crois qu'il a des redoutances métaphysiques ? Et le nabus, dans son champ, sur son tracteur trépidant, il est tourmenté par le devenir de l'espèce ? Mon zobinoche, oui ! Ils ont des racines, ceux-là. Des vraies, avec radicelles, ramifications et toutim. Sont bien plantés dans leur planète. Amarrés solide. Ancrés, quoi !

« Petit à petit, l'oiseau fait son nid. »

Félicie dixit. Je me récite la chose, m'en berce la bouche. M'en emmitoufle la coiffe.

Et puis je chamboule. Je garde petit, le point de départ. C'est la ficelle du ballon rouge. A partir de là, va falloir gambader. Petit à petit... Bon : petit appentis... C'est marrant, ça : petit appentis... Et puis non, pas assez satisfaisant sur le plan phonétique. Je préfère « petit appétit ». Ça coule mieux. Tu le dis très vite, *nobody* s'apercevrait de la substitution. « Petit appétit, l'oiseau fait son nid ». C'est ça, le jeu : prononcer autre chose sans que la phrase perde sa signification initiale. Parfait, je continue, si ça vous fait tarter descendez m'attendre au paragraphe d'en dessous.

« Petit appétit, l'oiseau fait son nid ». Ça me vient en bloc. Tout le reste, à l'arrachée, dans un orgasme superbe de la pensée. Une éjaculation verbale qui te crache au plafond ! « Petit appétit, lois aux fesses, on nie ». Moi ça me fait poiler, pas vous ? Je suis graphique, non ? Sans le langage écrit, plus de San-A. Il irait contrepéter dans les chiottes, le malheureux.

— Petit appétit, lois aux fesses, on nie ! déclaré-je à mes deux navrants.

— Ça, c'est bien vrai, admet Bérurier. C'est ce que mon Vieux me serinait toujours. Chaque fois que quéqu'un m'aboulait une piécette de mornifle, il voulait que j'allasse la verser sur mon livret de caisse d'épargne, comme quoi ça rapportait des intérêts. Moi, mine de rien, je péculais en douce. Et quand j'avais réuni la somme nécessaire, j'allais me faire apprécier la tige au claque du canton par des dames qui savaient te tutoyer la membrane sans que t'en ressentes la moindre gêne. Mon éducation sexuelle, ça valait mieux qu'un petit bouquet en pleine dévalorisation sur un livret, non ? A ma majorité, j'eusse eu l'air fin de ramasser les quelques pions en débâcle amassés à la grigou. Valait mieux qu'ils

fussent partis en fumée, non ? Tout pour la pipe !
Vive les calumettes suédoises !

Là-dessus, fortifié par ses souvenirs, il prend sur
lui de faire renouveler les consommations d'usage.

— Pousse pas cette frite, Pinuche, dit-il à la
Vieillasse. Y trouvera bien une autre moitié de
guimbarde à greffer sur ton reste de libellule, ton
neveu mécano. Seulement, c'te fois, dis-y qu'il fasse
pas ses soudures au coton à repriser...

La Relique torchonne ses yeux châssieux d'un
revers de manche.

— Ce qui s'est passé, je ne l'oublierai jamais, dit-
il. Ces malheureux...

— Bast, autant que ça soye des malfrats qui
passent au grille-roume, réconforte le Dodu. Chaque dimanche, t'as d'honnêtes familles laborieuses
qui crament dans leur 4L en revenant de leur steak-
frite' party. Le seul emmerdouillage, dans tout ça,
c'est qu'on a plus de piste et que la camelote est
flambée ! Là, oui, je déplore...

— Et moi donc, renchéris-je. On démarrait sur
un gros trafic, et puis ça tourne court... Car ce
n'était sûrement que la ramification d'une impor-
tante filière.

Pinaud boit une gorgée de... (1), clappe de la
pattemouille avec satisfaction (2) et balbutie.

— Oui, en somme, bon, selon toi, San-A, ces
ambulanciers étaient en réalité des trafiquants ?

— Ça ne fait pas de doute. Où diantre emme-
naient-ils le pseudo-blessé ?

_____

(1) Emplacement à louer. Les maisons d'apéritifs peuvent faire
des offres à mon éditeur, seul habilité à traiter.

(2) Bien entendu, lorsque j'ajoute que « c'est bu avec satisfaction, il y a une majoration des tarifs et la T.V.A. est à la charge de
l'annonceur.

— Evidemment, car enfin, bon, oui, somme toute, il s'agissait d'un pseudo-blessé ?

— Tout était prévu à l'avance, mon vieux Détritus...

— Ça me paraît plutôt assez évident, glapule Pépère. Mais alors, pratiquement, en fait, le joueur qui a assommé Flahagran-Dehli était un complice, s'il ne l'a pas VRAIMENT assommé ?

Sa remarque fait dans mon esprit un bruit de casserole dévalant un escalier.

Gling ting boum bing pim poum tchofff fling... etc. L'onomatopée est un style en voie de développement. Que chacun s'y essaie sans plus attendre. Les premiers placés seront les premiers servis. Continuez sur ma lancée à exprimer une casserole cascadant sur des marches. Ensuite vous bruiterez la voiture d'enfant du Cuirassé Potemkine dégringolant l'escadrin d'Odessa. Grâce à votre cher San-A, vous deviendrez les Victor Hugo de l'onomatopée. Bravo ! Et merci, San-Antonio !

— Pinaud ! m'égosillé-je (mégot-siège), tu es le penseur auquel Rodin n'a pas pensé ! Tu es le phosphore de nos méninges ! Tu es le maillon de la chaîne brisée. Je t'aime !

PRECHAIT TROIS

— Fectivement, gazouille mon camarade Lalande, reporter sportif et aviné d'un grand quotidien, fectivement, j'ai cru t'apercevoir à France-Inde, tantôt. Mais tu y as joué l'Arlésienne, non? Le temps de te reconnaître et tu avais disparu avec tes pieds nickelés. Tu étais sur le sentier de la guerre ou quoi?

Lalande, c'est pas le mauvais cheval pourvu qu'il ait du whisky à portée de la main, seulement la chiasse, avec lui, c'est qu'il répond infailliblement à une question brève par douze questions longues. Déformation professionnelle, sans doute.

— Qui a gagné le match? engagé-je.

Il rigole.

— Sans blague, t'as pas la radio, mon grand? Tu sais qu'on vend des transistors pour pas chérot, même avec une solde de flic on peut s'en payer un. Tu penses bien que ce sont les fakirs qui nous l'ont mis dans le Laos.

Il se remarre, vu que ça n'est pas un compliqué et qu'il aime bien ses boutades, aussi pauvrettes fussent-elles.

— Dis voir, Alain, tu te rappelles l'incident du goal en début de partie?

— Ah bon, c'est toi qui t'occupes de l'affaire?

— Quelle affaire?

— Ben, t'as pas appris que les ambulanciers ont

emplâtré le parapet de l'autoroute sud et que ces bons messieurs ont cramé comme une Gitane dans le vent ? Même qu'on se demande à quel hosto ils se rendaient. Et mieux encore : personne ici ne les a mandés. *Ils étaient là avant le match !* Mais tu me fais accoucher au fer à friser, alors que t'es au courant de tout, naturellement. Vous autres, les Royco, vous tireriez les vers du nez à un éléphant enrhumé, espèces de mouches à merde !

Je m'abstiens d'encaustiquer l'honneur de la police aussi bassement éclaboussé.

— Alain, placé-je enfin, j'aimerais savoir le blaze du joueur français qui a mailloché Flahagran-Delhi.

Boum. Silence. Cette pourriture ambulante combine des trucs. Fait jouer ce qui lui sert de méninges avant son quarante-troisième scotch. Il échafaude des conclusions hâtives. Cherche à déterminer le parti qu'il peut tirer de notre entretien.

— Pourquoi me demandes-tu ça, poulet ? il soupire enfin, avec une haleine tellement chargée que je crois la respirer à travers le téléphone. Y aurait comme un certain louche du côté de cet hockeyeur ?

— Ecoute, Alain, perds-je patience (1). Je sais que la différence existant entre toi et une bouteille de whisky, c'est qu'il arrive à une bouteille de whisky d'être vide, mais ça n'est pas une raison pour m'émietter les joyeuses avec tes déductions d'ivrogne en manque. Veux-tu me dire le nom de ce joueur, oui ou...

— Merdre !

— Hein ?

(1) Dans un précédent chef-d'œuvre, je vous faisais observer la commodité d'expressions telle que « Alain, perds-je patience » ou encore « — Mets le contact, dépanna-t-il la voiture de son père. » Un deux ces quatre, je vais pousser l'expérience, voir ce que ça rend.

— Justement, il s'appelle Merdre. Jacque Merdre. Ubuesque, non ? C'est le fils de Célestin Merdre, le big boss des laboratoires pharmaceutiques Fossat-Merdre. Un grand espoir du hockey sur glace. A propos de *sur glace*, tu permets que je m'en serve un petit ? De répondre à tes questions, j'ai la langue comme un os de seiche.

Je perçois des glouglous superbes et généreux. Un « graout » de gosier avide. Enfin, l'organe (du matin) de Lalande retentit.

— Ouf, ça va mieux.

— Dis donc, Grand, je soupire, ne t'est jamais arrivé de compter les lézards et les chauves-souris qui habitent ta chambre ?

— J'ai essayé, mais ça m'endort, car y en a trop, riposte Messire *Black and White* (plus black que white, croyez-moi). Bon, alors comme ça tu t'intéresses au fils Merdre ?

— Qu'est-ce qui lui a pris d'assommer le gardien de but hindou ?

— Un coup de sang. Je l'ai interviewé pendant la partie, vu qu'il a été expulsé définitivement du jeu par l'arbitre. Il m'a dit qu'il ne comprenait pas son geste malheureux. Le goal aurait ricané, ça l'a foutu en crosse. Il a perdu son sang-froid. Ce sont des choses qui arrivent.

— Oui, conviens-je : et il y a même des choses plus extraordinaires qui ne sont jamais arrivées ! Merci du renseignement. T'es le roi du hoquet sur glace.

Je raccroche.

Avant de quitter la cabine, je compulse l'annuaire du téléphone. Les Merdre habitent Boulevard Général Triburne, dans le XVIᵉ (1).

_____

(1) Rappelons que le Général Triburne est l'inventeur du pli du pantalon militaire et qu'il avait épousé une Suissesse qu'on avait surnommée La Triburne de Genève.

— En route, lancé-je à mes coéquipiers.

Précisément, un taxi survient. Je le frète séance tenante.

*
**

Immeuble neuf. Marbre à tous les étages (et y en a 16, tous plus hauts l'un que l'autre).

Une conciergerie automatique. T'appuies sur le bitougno du locataire souhaité et on te demande qui c'est-y que t'es avant de te déclencher l'ouverture de la lourde.

Célestin Merdre.

Je presse un bouton doré.

Rien ne se produit.

N'y aurait-il personne? se demande le fin limier que je prétends être en constatant l'inertie de l'interphone. Au moment où, par acquit de conscience je m'apprête à carillonner encore, une voix haletante retentit.

— Qu'est-ce que c'est?

— Monsieur Merdre, s'il vous plaît?

— De la part de qui?

— Police!

— Comment?

— Police! P,O : po; L,I : li; C,E : ce.

Mutisme de mon interlocuteur. Je ne perçois que sa respiration haletante. Puis soudain il raccroche. Silence! Il n'a pas actionné le contacteur d'ouverture. Rien de plus insultant (comme on disait à Rabat, jadis). Je plaque mon pouce sur le timbre et maintiens celui-ci enfoncé pendant au moins une minute pleine. Je relâche lorsque je ressens une douleur dans ma phalange. Mais mon geste rageur n'a pas l'air de porter ses fruits.

Du moins a priori.

Car, a posteriori, ils sont vachement mûrs, les fruits ! A preuve : ils tombent de leur arbre.

Ce *bahaoum,* mes z'enfants !

Comme sur les bandes dessinées. *Tchaouffff !* En gros, en gras, en éclaboussé.

Plusieurs fois il m'a été donné d'assister à une défenestration. C'est pourquoi l'écrasement d'un corps sur un trottoir est un bruit facilement identifiable pour moi, désormais.

Chplaaaofff !

C'est sourd, vibrant, terriblic. Ça fait un brin séisme. Le sol qui semble gémir. L'écorce terrestre qui pète un coup.

Je me précipite dehors.

Pinaud est plus verdâtre que jamais. Bérurier a un mégot collé à la lèvre inférieure. Sa langue comme un morceau d'abat gâté pend aussi. Et puis son regard. Il bave doucement, avec les yeux !

Entre eux deux, un tas énorme. Quelque chose de monstrueux, d'innommable, de disloqué. Ça ressemble à un pachyderme défoncé. Ça saigne à outrance.

Mais c'est un bonhomme.

Le plus gros mec qu'il m'ait été donné de considérer. Même sur l'album des extrêmes, on n'en voit pas de semblable. Ecoutez, si ce défunt ne pèse pas deux cents kilos, je vous offre la différence en diamants ! Un Himalaya de viandasse. A se demander comment ça a pu se constituer, un tel amas. Quelle dinguerie s'est emparée de la nature pour qu'elle aille fignoler une excroissance de cette ampleur !

— Dedieu de Dedieu de merde, oraison-funèbre Bérurier. A vingt centimètres près, on se le morflait sur le coltar ! Charogne, heureusement qu'il a eu la

bonne idée de lâcher un cri. J'ai eu que le temps de
lever la tronche et de repousser Pinuche...

— Sans toi, ça oui, sans toi, bavoche la Glan-
douille.

— Sans moi t'aurais actuellement l'air d'une
vieille bouse de vache, hé, la Seringue ! Dedieu de
Dedieu, ce bestiau, non, vous avez maté le gabarit
du monsieur ? Son papa était hippopotame, non,
quoi, merde ! Et sa maman vache normande !

— Il est tombé de haut ? regardé-je en l'air (1).

— Pas mal ; merci et toi, rétorque Alexandre-
Benoît. J'ai cru qu' c'était un V 2 qui me choyait sur
le couvercle. Av'c ça mon lardeuss est tout jonché de
taches. Tu parles, la manière qu'y s'est fait un
oreiller avec sa cervelle, ce citoillien !

Sur ce, deux petits garçons déguisés en cow-boys,
avec plaque de shérif, lasso et fouet de Zorro,
enjambent la fenêtre d'un appartement du rez-de-
chaussée pour venir folâtrer autour du cadavre.

— Tu vois, j' t'ai dit, glapit l'un d'eux. C'est bien
un type qu'est tombé ! Tu me dois dix billes ! T'as
perdu !

— Et son parachute ? demande l'autre.

— S'il aurait eu z'un parachute, y s' serait pas
pété la tronche sur le mac de la dame, hé, ballot !
ballot !

Puis, prenant notre trio à témoin :

— Hein, messieurs, qu'y l'avait pas de parachute,
le Gros de la terrasse ?

J'opportunise :

— Tu le connais, ce monsieur ?

— Turellement, c't' un type qu'habite chez les
Merdre depuis quéque temps. Même que mon p'pa
l'avait surnommé Faty, à cause qu'il est en bon
point. Vous croyez qu'il est mort en plein, m'sieur ?

_____

(1) Vous voyez : j'attrape bien le coup, non ?

— Il est difficile de faire mieux, mon petit. Bon, rentrez chez vous, c'est pas un spectacle pour les enfants!

Le moutard fait fi de mon conseil.

— Mince, c'est marrant, un mort, dit-il à son camarade. On dirait une bête crevée, quoi, en somme. Vise c' qu'y l'a l'air cloche.

L'abandonnant à cet apprentissage de la mort, je vais appuyer sur plusieurs boutons d'interphone pour obtenir l'ouverture de la lourde. Différentes voix s'inquiètent de ce que je veux. Je réponds police. Si bien que l'ouverture est commandée à la volée par une quantité de gens que je ne prends pas la peine de remercier.

— Arrive, Gros! Toi, Pinuche, écarte les badauds et surveille la porte. Que personne ne quitte l'immeuble, d'accord?

— D'accord, mais quelle journée! lamente la Relique! Dire que ce matin, à la radio, mon horoscope était formidable!

— Change de poste ou de signe zodiacal! ricané-je en m'engouffrant.

— Programme? demande le Mastar, suivant son habitude.

— Objectif, dernier étage, mon loup. Je prends l'ascenseur et toi l'escalier. Vérifie l'identité de tous les gens que tu rencontrerais sur ton passage.

— Bien entendu, ronchonne Sa Majesté, le contraire m'eusse t'étonné : le pékin se farcit l'escadrin, tandis que les classes dirigeantes vont se balader en ascenseur!

Néanmoins, le Gravos gravit!

Onc ne répond à mon coup de sonnette, comme on dit dans les vieux livres où il y a une sonnette. Chose étrange, je m'y attendais confusément.

La lourde est fermée. Tout en ascensionnant, j'ai

maté les étages par les vitres de la cabine mais n'ai vu âme qui vive. Comprenant que personne ne viendra me délourder, je tire mon sésame pour bricoler la serrure. Son cylindre est coriace. La serrurerie va de l'avant, comme le reste, et il devient de plus en plus coton « d'imposer sa loi » à un verrou moderne. Pourtant, après un certain temps d'effort, je suis payé de mes *pênes* et l'huis s'écarte.

Fort peu : une chaîne de sûreté étant assurée de l'intérieur.

— Voilà qui est passionnant, me chuchoté-je dans le tuyau de l'oreille (je me cause à travers ma manche) car si l'appartement ne comporte pas d'entrée de service, la preuve sera faite que mon obèse s'est bel et bien défenestré.

Un bruit de locomotive haut-le-pied gravissant une forte rampe va croissant. Bientôt, l'inspecteur principal Bérurier débouche en glaviotant des postillons gros comme des diligences.

— Dedieu de charogne, halète-t-il. Faire des immeubles si hauts, c'est ben pour dire d'emmerder le monde !

Je lui désigne la porte.

— Encore un petit effort, mon vieux mouflon. J'ai besoin d'un coup d'épaule, rapport à une chaîne de sécurité qui s'interpose.

Il me darde un regard injecté de sang.

— Bonnard, Mec ! Ça va me passer les nerfs !

Il hennit. Un galop sur place, à quelques centimètres du sol. Puis c'est la charge traditionnelle. L'impact terrible. Le bruit d'éclatement. Le vantail frappant le mur.

Bien sûr, comme toujours, le Gros se retrouve les quatre fers en l'air, sur un Chiraz ancien (quelquefois, y a pas de Chiraz).

Il reste un moment allongé, les bras derrière la tête, manière de se récupérer la respirance. Faut qu'il trie l'air de ses poumons. Sélectionne l'oxygène régénérateur...

Je l'enjambe pour mater le topo.

Grand, tout grand luxe. C'est très clair, très vaste, meublé avec raffinement et il y a sur les murs des toiles dont, illico, la facture me dit quelque chose.

Une porte de salon bat dans un courant d'air. Je l'ouvre en grand. J'avise une baie coulissante et qui a coulissé. Le froid extérieur s'installe dans l'appartement. Un voilage, plus aspiré qu'un « h », flotte au-dehors comme un voile de mariée dans un rêve cinématographique. Détail éprouvant, une chaîne stéréo diffuse de la grande musique, du Wagner, me semble-t-il, ce qui, compte tenu des circonstances, leur convient parfaitement.

D'une allure pressée, j'inspecte l'appartement. Il s'agit d'un duplex (comme on disait à Pondichéry au XVIIIe siècle). En bas se trouvent la réception et l'office, plus un vaste cabinet de travail, où l'on ne doit pas travailler lulure, si j'en juge à la netteté du lieu.

Pas d'escalier ni de monte-charge de service. La construction françouaise laisse encore à désirer. Elle marche à l'éconocroque, même dans les quartiers huppés. Ça chichoite sur la salle de bains et le dégagement, mes princes. On ratiocine du dressinge. La place est comptée, quoi ! Au prix fort ! Avec taxes sur la taxe et taxation sur la surtaxe. Le centimètre carré est objet de réflexions. Bref, même pour les nantis, y a des retombées de la conception constructive. Le promoteur, il épargne sur des rubriques. Parce que le promoteur, son extraction est pas flambante, et même qu'elle fût bourgeoise collet-monté, ça aggraverait. Dans une enfance de promoteur, y a que des éviers. Il est originaire d'une absence de bidet, le pauvre. Alors tu parles que lorsqu'il intercale deux salles d'eau dans un quinze pièces, il se croit saisi de frénésie. Il en demande pardon à Dieu, se lacère la poitrine, le soir, en sortant de chez Lasserre. Envoie des baisers vers le Biafra! Ne s'en lave plus les panards de trois jours, par amendhonorablerie.

Bon, je débloque, alors que ça urge. Vous laisse mouiller de curiosité au milieu de l'appartement.

Je vous dis que j'investigue en vain.

— Personne, hein? fait le Bouffe-Train (et non pas boute-en-train).

— Voyons au-dessus.

On gravit un escalier qui prend dans le grand salon. Chouettos, le dernier étage. Ça se comporte de trois chambres et d'une petite piscine intérieure. Voilà qui démentirait mes assertions précédentes si je n'étais persuadé que la piscine a été expressément commandée par Célestin Merdre.

Les bed-rooms sont vides.

Seulement, mes fieux, y a quéqu'un dans la piscine. Un très joli quelqu'un.

Un quelqu'un comme j'en souhaite à tous mes amis quand ils descendent dans un hôtel sans leurs bergères.

La personne que je vous cause a eu la merveilleuse idée d'être du sexe féminin. Elle est tellement belle qu'on ne pense pas à lui demander son âge. Mon cœur cabriole car je constate un truc sûrement very important, gentlemen : la déesse en question est hindoue.

Ou de la périphérie indienne.

Vous avez déjà vu une fille avec une peau pareille, vous autres? Quasiment verte! Et des cheveux aussi noirs et brillants, hein? Et puis les yeux, dites, bandes de comtes, les yeux? En amande! Y en existe des plus sombres ailleurs qu'au pays du fakir en branche, répondez? Cernés de vert très sombre. Yayaïe, ce qu'elle est belle!

Et son corps! Attendez, partez pas, je vous raconte! Même vous seriez pédoques, c'est pas une raison. Semblable beauté échappe à la classification des mœurs. Pas d'importance que ça soit jeune fille ou jeune homme, un joyau de cette beauté. Ce qui compte, c'est la beauté à l'état pur. L'œuvre d'art naturelle.

Bérurier et moi, on stoppe, béants, béats, bêtas, béatifiés. On contemple (d'Angkor). On en prend plein l'émotionnel. On a la glande admirative qui se fissure et qui fuit. Tagadagada, suinte-suinte!

Se peut-il! Et puis, nue, dites! Je pèse mon mot! Nue! Des jambes longues, belles, machin, truc, chose, tout! Vachetement! Puissance mille! Ahou-hahouuuu! Le ventre, pas disable, si plat, entre ses hanches! Un nombril plus joyau que la Couronne.

Ensemble remontons le cours fabuleux de son anatomie.

Arrivons à la gorge, quitte à redescendre ensuite pour évoquer le linguistatique de formulance à trémulation concave. Cette poitrine! Sept poitrines! En une seule! Y en a qui font des pieds et des mains. Elle c'est rien que des seins. Magistraux! Qu'est-ce que je raconte, pire! Magistrals! Pour quatre personnes à la fois. Les messieurs impairs attaquent la face Nord sans demander l'Everest. Les pairs (les paires) la face sud, ensoleillée. Et dire que c'est à elle toute seule, ça! Mince, elle fait l'élevage, c'est pas possible autrement! On pourrait se foutre à plusieurs dessous pour attendre la fin de la mousson. Bivouaquer entre! Des nichemards comme voilà eux, ça n'avait jamais existé. Dans la mythologie, à la rigueur extrême... Dans la Bible, je ne dis pas non. Mais y z'en auraient causé, quoi, merde! N'auraient pu les passer sous silence. La Tour de Babel Oued? Tiens, fume, c'est de l'habana! De la banane!

Je méduse à fixer. Pour détacher son regard de ces belles collines, espérez, faudrait se frotter la rétine à l'alcool à 90.

Béru, il exprime le moment en une phrase ponctuée d'un bienheureux point de suspension. Car tu ne peux pas achever une phrase relative aux loloches de Mamzelle, impossible ! Tu prends les vrais grands phraseurs : Jules Gide, Paul Montherlant, Xavier de Valéry, Jean-Jacques Théophile Gauthier, Victor Sartre, Adrien Genevoix (l'homme qu'a découvert le faux-mouvement perpétuel (1)), Evariste Claudel, ou Julien Golf, non pas golf : Vert ! C'est ça, Julien Vert. Ouais, tu prends ces messieurs, tu leur fais visiter la poitrine de mon Hindoue ravissantissime. Tu leur dis, « écrivez-moi comme quoi vous l'avez vue ». T'attends le résultat ! Et tu te poiles, mon pote ! Tu te fends la william ! Te claques les jambons ! Te gondoles du capot !

Leur lyrisme déconnecte. L'Existentialiste perd de la valve ! Ne savent plus à quel sein se vouer, à quel saint s'avouer vaincu. Leurs stylos se mettent à pendre pire que leurs zézettes. Tandis que Bérurier, lui, c'est la voix du peuple. Le cri de la raison vaincue. Il parle du ventre, comme les ventriloques. On leur tend jamais suffisamment l'oreille à ceux-là. Y a qu'eux qui causent le langage de l'humain pourtant. Eux et les pétomanes. Parce que ce qu'ils disent leur arrive pas du cœur. C'est du dialecte *made in viande !* Le vrai !

Bérurier, donc, après des temps de contemplation, il déclare simplement ceci :

— J' savais pas...

Beau, hein ?

Condensé ! Total ! Fignolé ! Tout y est : la gêne et

_____

(1) Je rigole, mais Raboliot est un bouquin qui sent bon la France.

la monte (comme on dit, chez les équidés). Le cri du
mâle, le voilà. Son admiration ? Un aveu d'ignorance. *Il ne savait pas...* Bérurier ignorait que la
chose était possible. Il existait sans savoir. La chose
régnait, mais lui menait une existence marginale.
Alors il traduit sa misère rétrospective. Il murmure
« Je ne savais pas... ».

D'instinct on se rapproche, lui et moi, moi et lui,
ensemble, fraternels, fraternaux ! On rassemble nos
stupeurs, on conjugue nos admirances. On entre-
étaye nos saisissements.

La gonzesse nous mate, l'œil vague. Pas contente
tellement, mais pas effarouchée trop. Fataliste !
L'air en crochet à bottines, pour nous solliciter les
présentations. Raconter notre objet de présence.

— Popo, commence Béru.

— Lilice, terminé-je.

On doit ressembler à deux corbeaux en train de
supplier le renard de leur rendre leur calandos.

La fille paraît ne point comprendre. Elle reste au
bord de la piscine, entre deux zoos. La flotte fait
loupe, ça y a que les plus cons d'entre vous qui
l'ignorent, c'est-à-dire à peine quatre-vingt-quinze
pour cent. Le phénomène grossissant renchérit sur
celui de la divine nature. Et malgré tout, ça ne
disproportionne point. Ça reste formidable, mais
harmonieux. On voudrait pouvoir toucher.

On a des démangeaisons au bout des doigts,
comme un aveugle qui essaierait de lire la bande
d'un limonaire où est gravé un fox-trot.

— ....? nous lance-t-elle.

Elle vient d'exprimer dans une langue que je ne
comprends pas, ce qui vous explique l'indécision de
ma transcription et les fautes d'orthographe qui ont
pu s'y glisser.

— Heu... *You speak english, miss ?*

Elle ne répond pas, pourtant, me semble avoir

surpris un battement de paupières. Alors j'y vais de mon historiette. On est de la poule. On a des explications à demander à M. Merdre. Juste comme on a sonné, vzzzoum-splatchsss, le gros bonhomme qui se trouvait dans l'appartement se défenestre.

Si elle veut bien nous raconter... Causer de l'identité du gros mec ; de la sienne, nous dire ce qu'ils fichent chez le big boss des laboratoires Fossat-Merdre. Notre enquête...

Pas commode de jaspiner avec des pointes de seins qui vous fixent aussi intensément.

La déesse finit par nous tendre simultanément la main à tous les deux.

Vous verriez comment on s'empresse, Mister Gradouble et moi ! Force et souplesse ! Le big numérous de trapèze volant financière au Barnum Circus. Avec un synchronisme confondant on s'accroupit. On lui chope chacun une menotte. Elle n'est pas bégueule, la Chérie. J'en sais qui gueuleraient au viol, réclameraient un peignoir, exigeraient qu'on se détourne, qu'on mette de l'albuplast sur nos chastes paupières.

Elle, au contraire, elle se fait arracher toute nue de la tisane. On a l'impression de pêcher la sirène au large des côtes du Tendre.

On tire.

On croit.

On se berlure vilainement.

Merveilleux coup de ronfionfion, mes agnelles. Je ne sais pas si vous connaissez la combine, sinon apprenez-la d'urgence : ça peut vous servir dans le cas où un voyou voudrait s'occuper de votre vertu (ou de ce que vous faites passer pour).

Toujours est-il qu'il se décompose de la façon suivante, son mouvement, à la fille aux nichons d'Apocalypse.

Premier temps, elle se laisse peser dans la flotte.

Nous, on a un mouvement en avant pour bien assurer notre prise.

Second temps elle a un saut de truite hors de l'onde qui désamorce nos muscles.

Troisième temps, elle nous hale d'un coup très sec. Imparable.

Bonsoir, mes biches.

Deux connards piquent une tronche dans la flotte.

CHATRE PI QUATRE

Le plus formide, malgré tout, c'est ce qui suit.
Permettez que je te vous le narrasse.

Tandis qu'on barbote à vau-l'eau, la donzelle,
elle, s'évacue de l'onde presto. Un saut de dauphine
et elle a opéré un rétablissement (thermal). La v'là
qui fonce vers un cadran fixé au mur carrelé. Nous,
loqués hivernal, vous pensez qu'on ne l'a pas chouettos pour se dépatouiller de la piscine. Un pardessus
en poils de chameau, ça n'a jamais constitué la tenue
de bain idéale ! Mais je suis là que je vous laisse en
rade (comme on dit à Brest) ; donc, la fille court à un
cadran, dont elle manœuvre un levier chromé.

Aussitôt, un courant électrique passe dans l'eau
de la piscine. Pas très fort, certes, mais suffisant
toutefois pour nous paralyser, le Gros et moi !
Quelle vigoureuse horreur ! Déjà, quand je descends
de la voiture, parfois, en compagnie d'une gerce
envisonnée, je crie de surprise en morflant des
décharges consécutives à l'électricité statique, alors
vous jugez : du courant pur jus, en direct. Je suis
envahi d'un intense frisson. Mais ce frisson est
immobile, comme les sillons d'un labour. J'ai l'air
d'un 33 tours, moi ! Juste ciel, ce que je détesterais
passer à la chaise électrique ! Y en a qui prétendent
que c'est une mort confortable, ben à la vôtre,

Etienne! A ce compte-là, j'aime mieux périr
debout, style maréchal Ney!

Son Altesse Gravossissime Alexandre-Benoît Premier claque gentiment des ratiches. On dirait les
échos d'une boîte de nuit espagnole.

Bien évidemment, l'Hindoue aux seins apostro-
pheurs profite de notre bain d'E.D.F. pour s'esbi-
gner.

Salope, va!

Elle nous a feintés avec brio. Vous ne trouvez
pas? Décidément, cette affaire n'est pas catholique.
Je lutte contre le courant qui me vrille l'intérieur.
M'exhorte à l'action. Domine l'espèce d'horreur
charnelle dont je suis emparé (1).

Arrache-toi, San-A. Sur la droite, l'échelle près
du plongeoir... Faut qu' tu t' hisses! Dès que tu seras
sorti de cette garcerie de tisane, tu retrouveras ta
quiétude de jeune fille. Allez, du cran, camarade!

La vie est un laisser-aller, je me dis bien souvent.
A peine né, tu t'écoules vers les caniveaux obscurs.
Au début, tu rebuffes, mais à la longue, de fréquenter tant de gens qui raffolent de l'existence, tu finis
par ne plus te sentir le droit de t'y attarder. Quand
j'en vois qui se permettent de nonagéner, merde! A
une époque qu'un milliard de Chinois demandent
leur admission au Rotary Club, faut de l'outrecui-
dance, non? Sans parler de la patience...

C'est juste pour dire de faire bisquer le monde.
De nos pauvres jours, la vieillesse est insolente.
Drôlement gonflé, faut être, pour s'oser balader
dans les rues quand tu trimbales soixante-dix carats
au-dessus de zéro! Notez, ça ne va plus durer. Que
ceux qu'ont de l'aptitude se dépêchent d'être vieux,
mes frères. Le temps s'annonce qu'on leur donnera
la chasse, aux mirontons, pire qu'aux juifs pendant

_____

(1) C'est pas français, mais moi, si!

la dernière guerre. Sitôt qu'on apercevra un fossile, ce sera un cri dans le quartier « En v'là un ! ». Dès lors, que disait l'autre birbe, ce sera du massacre improvisé. Qu'ensuite on devra rentrer changer de lynche ! Bien sûr, t'auras des truqueurs : des qui feront semblant d'être jeunes. Pour les détecter, ces futés, on inventera un appareil quéconque. Ça carillonnera sitôt que t'auras franchi le cap de la cinquantaine. Petit à petit, la moyenne de mort sera abaissée. Dès le berceau, en allant te déclarer, ton dabe touchera tes coupons de vie. Quarante ans, puis trente-cinq... On continuera de réduire la durée du citoyen pour laisser la place aux arrivants. Un marché black s'organisera. Des richards achèteront du rabe d'existence aux paumés.

Vous verrez. J'ai l'air de prédire dans le désert, mais bougez pas, mes pommes. Tout ce que j'annonce se réalise, toujours, infailliblement !

Allez, brèfle, je me ramène aux cruautés de l'instant. Grelottant de mon frisson immobile, je sors de la baille. Le phénomène cesse, comme le mal de mer lorsque tu mets pied à terre.

Je cours à la manette du jus.

Terminé aussi pour Béru.

Il sort. On fait des flaques immenses. On est lourds comme un troupeau de vaches pleines.

Dans la rue ça grouille. *Police Secours* joue sa musiquette pour catastrophes en tout genre.

— Et alors, Pinaud ? T'as intercepté le monde ?

Il lève des bras misérables.

— Va-t'en intercepter l'eau d'un barrage rompu, San-Antonio ! Tous les habitants de l'immeuble sont sortis en même temps.

Je laisse la foule charogner du regard jusqu'à ce qu'on ait déblayé le gros voltigeur. Puis, quand les badauds sont en congé de badauderie, j'aborde une

vieille bonne en costume de vieille bonne, au
moment où elle va pénétrer dans l'immeuble.

— Mande pardon, gentille madame, vous habitez
cette maison ?

— Hein ? Oui. Mais vous êtes tout mouillé,
répond la bonne dame, ou la dame bonne au choix !

— Tiens, c'est vrai, je ne l'avais pas remarqué...

— Pourtant, il ne pleut pas, s'étonne-t-elle.
Comment se fait-il que vous soyez mouillé ?

Elle a l'accent rocailleux des Pyrénées et sa barbe
frise dru.

— J'ai beaucoup pleuré en mangeant de la mou-
tarde extra-forte. Dites-moi, puisque vous demeurez
ici, vous deviez connaître le monsieur qui est venu
déguster le trottoir ?

— Je l'ai vu plusieurs fois, ces derniers temps, en
effet, il habitait chez les Merdre. M. Merdre doit
être en voyage et il avait sûrement laissé son
appartement à son ami.

— Car M. Merdre a disparu ?

— Disparu, c'est vite dit, simplement on ne le
voit plus, rectifie-t-elle.

— Il y a également une dame, chez lui. Genre
hindoue, non ?

— Oui, je crois. Mais ça, c'est plus récent.

— Qui assurait le ménage dans l'appartement ?

— Son personnel, un couple d'Italiens.

— Où est-il, ce couple d'Italiens ?

— En Italie. C'est leurs vacances...

Marrant, ça ! Des vacances d'hiver, voilà qui n'est
pas très fréquent pour des employés italiens. En
somme, un changement de vie radical s'est opéré
chez les Merdre depuis peu. Le personnel et le
maître sont dans la nature. Un gros lard inconnu a
pris la relève, en compagnie d'une gonzesse des
Mille et Une Nuits. Ce couple n'aime pas la police,
faut croire. Quand j'annonce mon identité au parlo-

phone, l'obèse se jette par la fenêtre et la souris nous flanque dans la piscine où elle nous fait subir un petit traitement électrique. Tout ça m'a l'air pas commun, non ?

— Et le fils Merdre ? insisté-je en éternuant, car je commence de glaglater vilain, moi, trempé comme une soupe au chou dans la froidure hivernale.

— Quoi, le fils ?

— Il a disparu aussi ?

— Non, il habite toujours l'appartement, je l'ai vu partir sur sa moto pas plus tard que ce matin ; elle fait assez de boucan, doux Jésus ! Ma patronne qui est cardiaque du cœur veut faire signer une répétition par l'immeuble pour l'interdire. Qu'au moins il aille la faire démarrer au coin de la rue ! Mais non : sous les fenêtres ! Et on loge au premier !

Le Gros me chope une aile.

— Mande pardon de vous troubler le filtre, les amoureux, ronchonne-t-il en parlant exclusivement du nez. Mais j'aimerais bien aller changer de pelure, moi, j'ai les claouis en chambre froide !

Je décide que, bien que nasale, sa voix est celle de la sagesse.

On rentre se loquer.

Pinuche décide de m'accompagner.

Dans le taxi où je grelotte, il tire un portefeuille en croco très rebondi de sa poche.

— J'ai prélevé ça sur le défunt, me dit-il. Tu ne m'avais pas donné d'instructions à ce propos, mais j'ai cru bien faire...

— Tu as bien fait de bien faire, ma Guenille. On étudiera ta cueillette à la maison.

*
**

Je vous l'ai déjà dit que ma Félicie c'est la reine du grog toutes catégories ?

Oui, me semble.

Une somptuosité ! Elle a une façon à elle de caraméliser le breuvage qui vous veloute l'estom' au passage. Et puis aussi, j' sais pas, elle y flanque de la cannelle et son brûlot vous enchante le clappoir.

— Tu n'as pas de frissons, mon Grand, c'est bien sûr ?

— Certain, M'man, t'inquiète pas...

— Par mesure de précaution, tu devrais prendre deux aspirines.

— D'accord, sinon tu ne seras pas tranquille.

En robe de chambre ouatinée, les pieds dans des charentaises de curé, je déballe le contenu du portefeuille au valdingueur.

Il contient de la fraîche, en dollars et livres anglaises. Un gentil pacsif ! Au cours du jour, ces coupures représentent quelque vingt mille balles. Il y a en outre un billet d'avion délivré par Air-France pour Bombay, en first, établi au nom de Claudius Monbraque. Le vol est pour cette noye. Départ 23 h 50. Un feuillet de carnet Hermès est épinglé au billet. Je lis ces quelques lignes : « L'homme sera à l'aéroport. La soixantaine, petit, cheveux blancs. Se nomme Hivy Danhladesh. Reconnaîtra à l'embonpoint. »

— Intéressant, non ? observe Pinaud qui prend connaissance en même temps que moi de ces différents documents.

— Pas mal, conviens-je.

Sur ce, le téléphone sonne.

— Veux-tu que je réponde ? lance ma brave femme de mère depuis sa cuisine.

— Laisse, je m'en charge. C'est sûrement Béru, je lui ai dit de me tuber dès qu'il aurait fait peau neuve.

Comme quoi on peut se gourer dans ses hypothèses, même quand on est poulet génial.

Car en réalité, c'est le Vieux qui me turlute.

— Ah, San-Antonio, exulte-t-il, je vous cherche partout. Un travail urgent, mon cher.

— Quel genre, patron ?

— Genre meurtre. Le fils Merdre, des laboratoires Fossat-Merdre, vient d'être assassiné.

Hé, dites, les gars, ça n'a jamais fait « bloing » dans vos vastes tronches désertes, quéquefois ? Si, je gage. Car si vous raisonnez peu, vous résonnez par contre beaucoup.

Bien que mon cerveau soit aussi garni que le salon de Mme Sarah Bernhardt, il forme caisse de résonance sous l'effet d'une stupeur considérable.

Le « bloing » qui s'y perpètre, à cet instant, n'est point sans évoquer un coup de cymbale dans du Wagner de la bonne année. La surprise est à percussion, toujours.

— J' v' d'mande pardon, m's' l' d'recteur, lâché-je dans un râle, comme une chambre à air crevée exhale ses reliquats.

Le Vénérable reprend :

— Vous avez sans doute entendu parler des laboratoires Fossat-Merdre, je suppose ?

— Oh que oui, Patron !

— Eh bien, le fils de Célestin Merdre, leur P.-D.G., vient de se faire descendre, mon cher. Un garçon de valeur. Brillant chimiste et hockeyeur réputé, sélectionné en équipe de France, s'il vous plaît.

— Où et quand la chose s'est-elle produite ?

— Sur le chemin conduisant aux établissements Fossat-Merdre, à Corbeil-Essonnes. Il était à motocyclette. Une voiture non identifiée s'est littéralement jetée contre son bolide au moment où il passait. Deux hommes dont on a pu avoir le

signalement, Dieu merci, ont bondi de l'auto pour
s'approcher de leur victime. Comme le malheureux
garçon remuait encore, l'un de ses agresseurs l'a
achevé d'un coup de clé anglaise sur la nuque. Mais
l'arrivée d'un livreur du laboratoire les a mis en
fuite. Occupez-vous de cela tout de suite, mon cher.

— J'avais pratiquement pris les devants, Patron!

— Pardon?

Je lui crachouille les aventures de la journée. Pas
fâché, soit dit entre nous, d'époustoufler le Vioque.
Je l'entends qui bave de stupeur sur le cuir de son
sous-main. Il toussote par instants, pour préparer les
exclamations ponctueuses.

Faut dire que c'est payant comme histoire, non?
Vous parlez d'un chouette début d'enquête, avec
garniture de gelée sur fond de cresson! Comme vous
ne disposez pas de trois ronds de gamberge, je te
m'en vas vous résumer le topo, suivant ma bonne
habitude. Assistance à personnes en danger de non-
compréhension, moi, toujours! Ce qui contribue le
plus à mon succès, c'est que je suis un auteur
commode. Je facilite. Le mâcheur-type. Vous n'avez
plus qu'à déglutir. Ne négligez rien pour votre
confort intellectuel. Votre cervelet évanescent peut
faire de la chaise longue. On me suit avec un
minimum de matière grise. J'en ai même rencontré
qu'étaient demeurés à bloc et qui me lisaient! Si je
vous disais tout : même des ministres! Parole! Mais
c'est aux chiottes que je fais le plus de profit. Vous
remarquerez... J'incite à l'aisance intestinale, à
l'épanouissement de la tripe! Je sais des toubibs qui
me prescrivent, comme quoi je remplace les pilules
laxatives sans qu'il y ait accoutumance de l'orga-
nisme. Ma littérature facilite les fonctions naturelles.
Tiens, après un bon repas, au lieu de te farcir des
sels effervescents, tu lis quelques pages de San-A.,
et le miracle s'accomplit. Le gaz part! Je constitue

l'évacuateur-type. Vous êtes ballonné, barbouillé, constipé ou autre ? Vite, un petit coup de Santantonio (comme ils disent) sur le pouce. Que même la maison Fernet-Branca voulait me filer un procès aux miches pour concurrence abusive ! Je jure ! Et que chez E.N.O. ils m'ont proposé une association. Ils souhaitaient m'absorber ! Fusion ! Infusion, oui ! J'ai répondu *never*, comme la botte du même nom. Autonome, Sana, toujours ! Le petit artisan de banlieue ! Le cordonnier des lettres (d'ailleurs y en a pas douze comme moi pour travailler les cuirs). M'absorber ! C't' un privilège que je réserve aux dames. Et encore, je les sélectionne, leur fais passer l'examen de mon entrée ! Allez, oui, bon, faut que le boomerang termine sa trajectoire. Je vous causais du résumé.

Le voici.

Inscrivez-le bien dans vos pauvres petites mémoires merdeuses. Il vous servira. Et même, je vous préconise de le recopier sur un papelard, manière de pouvoir le tenir à disposance. Que par la suite, quand ça va péripétier monstrement, vous n'aurez plus le temps de vous glisser l'index dans l'oléoduc pour tourner ces pages en marche arrière, mes belles ! Vous jetterez un regard à votre petit carton. Comme on mate le signet du guide Kléber pour se resignifier les symboles, se rappeler d'à quoi rime la marmite ou bien le coq couronné rouge. La marotte des hommes, c'est de s'entre-tuer ou bien de s'entre-noter. Il se filent des étoiles, se les retirent, se mettent des appréciations. Méritent un détour, ou un contour ! Le théâtre, cinoche, la bouffe ! Allez pas chez Duglandu, les assiettes ne sont pas assez chaudes et les tableaux sont de travers dans la salle. Promouvoir, dans le fond, c'est brimer. Créer le grade n'assure pas l'autorité des gradés, mais l'humilité des non-gradés ! La récompense implique l'injustice. L'émulation balise les chemins du renoncement. Et puis, tarte! Qu'est-ce que vous en avez à masturber de ce charabia, hein? Je me ravale au niveau du prosateur professionnel en cherchant à faire étalage de ma pensée. Dans la vie, y a que du boudin. Et des boudins!

Qui s'emboîtent.

Le résumé, le voici donc.

Par le plus grand des hasards jamais enregistrés dans un Santonio de l'époque crémeuse, la police a arrêté un entraîneur de l'équipe hindoue de hockey sur glace.

Malmené au concours de passage à tabac, l'homme en question a révélé que le goal de son équipe portait une combinaison de jeu truffée de 20 kilos d'héroïne. Il a précisé que cette combinaison devait être remise à des trafiquants français à l'issue du match Inde-France.

Dès le début de la partie, un joueur français nommé Jacques Merdre (tiens, j'aurais dû l'appeler Jean. Jean Merdre eût été plus comique) a délibérément assommé le gardien de but hindou.

A tel point que deux ambulanciers sont venus chercher le blessé pour l'évacuer.

En réalité, ces ambulanciers étaient bidons et attendaient l'acte de violence de Merdre pour intervenir.

Nous leur avons donné la chasse et nous avons constaté qu'au lieu de driver Flahagran-Dehli dans un hosto parisien, ils ont emprunté l'autoroute du sud.

Une défaillance mécanique de la voiture de Pinaud a provoqué la mort du trio. Tout a flambé.

Je me suis dès lors rabattu sur l'appartement des Merdre. Un type m'a répondu au parlophone. Un obèse qui, je le suppose, s'appelle Claudius Monbraque. En apprenant que j'appartenais à la police, il s'est jeté par la baie et s'est écrasé aux pieds de Béru.

Nous nous sommes précipités dans l'appartement des Merdre et avons découvert dans leur piscine une mystérieuse et splendide créature. Elle semblait ignorer le décès tragique de son compagnon. Vous savez quel accueil elle nous a réservé ? Bon, merci.

Une personne de confiance habitant l'immeuble m'a révélé : que le père Merdre était absent de chez lui depuis au moins deux semaines, que les domestiques sont en vacances et que le fils se sert d'une motocyclette dont la bruyance est non seulement compétitive, mais sujette à pétitions.

Une heure plus tard, je fouille le portefeuille de l'obèse. J'y trouve un billet d'avion pour Bombay, ainsi que la description d'un certain Hivy Danhladesh, sujet hindou, lequel attendra (en vain) le pseudo Monbraque à l'aéroport de cette charmante localité.

A l'instant où j'enregistre le fait, mon respectable chef me charge d'enquêter sur l'assassinat du fils Merdre !

De toute beauté, hein ? Ça, c'est de l'action. Du mystère. Je te vous suce-pince à bout portant, mes gueux !

Te vous en flanque pour vos piastres dévaluées, bande de requins.

Et le plus inouï, c'est que ça ne fait que commencer. Vous allez voir !

Lire !

Ouïr !

Jouir !

The big fade, chéris, chéries ! The monumental orgasme, promis, certifié. Le panard du mois ! Y en a qui promettraient du siècle, mais je suis prudent dans mes engagements, moi ! Je m'enfourne pas à la

légère. Je préfère demeurer en deçà des possibilités.
Garder de la réserve d'accélération pour doubler
dans les virages.

Le bigophone sonne à nouveau.
Cette fois, c'est bien Sa Majesté l'Enflure.
— J'ai morflé la crève, geint-il. Je crois que la
fièvre me prend. Je m'enquillerais un baromètre
dans le recteur, je taperais le 40 chrono facile !
— Si c'est ainsi, zone-toi, Gros et interprète un
solo de polochon !
— Ce serait la prudence, éternue le Gros d'un ton
gourmand. Que si je balade à l'estérieur une grippe
de c't' acabit, j'ouvre la lourde à la conjonction
pulmonaire et à ses dérivés. Mon cousin Fernand, de
Saint-Locdu-le-Vieux, il est canné dans un sana des
consécutions d'une partie de pêche. Le brochet, en
plein hiver... Il s'était fichu à la baille en enfilochant
un petit monstre... Moins vingt sous zéro, tu juges ?
L'avait des glaçons aux joyeuses. Deux mois plus
tard, on lui trouvait des cavernes aux soufflets
grandes comme les champignonnières d'Argenteuil !
Y avait pas de pénoche à l'époque. Il a fini par faire
une physionomie galopante qu' a tellement galopé
qu'il en est mort...
— Pas besoin de me déballer ton caveau de
famille pour m'expliquer que tu vas tirer ta flemme,
eh, Baudruche ! Prends ta boutanche de *Negrita* et
file dans les toiles.
— Tu sais que j' sus pas du genre mauviette qui se
chouchoute, déclare le Mammouth enrhumé. Mais
ouvre tes Saint-Jacques et écoute ça, please !
Il m'offre un récital de toux sans accompagnement
en grande avant-première mondiale.
— T'as entendu un peu ce désastre ? halète-t-il
consécutivement.
— Une merveille, apprécié-je. L'on dirait (long

dix raies) qu'on défonce des cercueils à coups de
marteaux. A propos, je t'ai pas encore raconté la
dernière ?

— Quelle dernière ?

— Le fils Merdre a été assassiné en se rendant au
laboratoire paternel de Corbeil-Essonnes. On
démarre par une hécatombe, ça promet. Cela dit,
faut que je fonce là-bas, dors bien et n'oublie pas de
te faire grimper les baveux par Marie-Marie,
demain, noir sur blanc, avec le lyrisme de mes potes
journalistes, ça doit avoir une certaine allure.

— Hé, écoute ! égosille Pépère.

Je raccroche.

Le temps pour Alexandre-Benoît de recomposer
mon numéro et voilà ses dring-dring qui remettent le
couvert.

Je les connais, les rappels du Gros.

Aussi, je laisse quimper.

— Le téléphone ! crie Félicie, étonnée que je ne
décroche pas.

— T'inquiète pas, M'man, c'est un vieil emmer-
deur qui cherche à me vendre de la salade fanée. Il
vaut mieux ne pas répondre. D'ailleurs il va se
calmer très vite.

Effectivement, à la quatrième stridée, l'appareil
redevient aussi muet qu'il l'était avant qu'on ne le
raccordât au réseau.

— Tu le connais bien, note Pinuche en souriant
avec tendresse.

— Oui, César, je le connais bien. Et parce que je
le connais bien, je peux t'assurer qu'il arrivera à
Corbeil moins de vingt minutes après nous !

HATER PIC CINQ

Je me suis gouré dans mon estimation, gentlemen et messieurs, *car il est déjà là,* Grobide, lorsque nous déboulons.

Son pardingue étant provisoirement hors d'usage, il a endossé sa vieille canadienne à col de mouton-frappé-de-pelade. De plus, il s'est noué un cache-col autour de la tête pour se protéger les oreilles. Il a mis par-dessus le tout un chapeau de feutre dont il ne me restait plus la moindre souvenance et qui fait songer à quelque immense champignon pourri, déjà vénéneux originellement. Tel, Béru ressemble à un maquignon de la Corrèze. Il n'est point seul. Marie-Marie l'escorte, croquignolette tout plein dans un manteau écossais bleu. Elle porte un béret, également écossais, sommé d'un gros pompon rouge. Ses genoux sont violacés par le froid et elle tape la semelle, histoire de se réchauffer les pinceaux.

En m'apercevant, la mouflette me saute au col !

— Santonio ? Depuis le temps qu'on s'est pas vus !

Je lui rends sa bise.

— Qu'est-ce que tu fiches ici, Moustique ?

— Bé, j'ai accompagné Tonton, vu qu'à l'école on a les aprèmes du samedi.

— Tu trouves que c'est un lieu de balade pour une gamine, Alexandre-Benoît ! exclamé-je sévèrement en lui désignant le cadavre dissimulé jusqu'aux cuisses sous une bâche.

Sa Majesté explose, ce qui est grave de conséquences car un gorille enrhumé est particulièrement riche en expulsions variées et avariées.

— Merci beaucoup de l'accueil, tonne Tonton. J' sus là, le c... bourré de fièvre, avec des éponges comme des réservoirs d'aspirateurs après usage, alors que je devrais me faire faire un tomato-catchup d'urgence et boire des pleins bols de pénicilline. Je claque tellement des ratiches que j'ai dû mettre mon râtelier dans ma poche pour pas qu'y s'ébrèche. Je pousse la confiance professionnelle jusqu'au risque du péril de ma vie, et le remerciement, c'est de la rouscaille comme quoi je m'ai fait escorter de ma nièce! Non, mais, de qui ce mecton, hein? Qui prend-on pour une courge? Un melon! Le roi des ballots! La reine des pommes. Un sac à chiasse! Brèfle : un cé-ho-enne!

— Et pour qui voudrais-tu que je te prenne, dis, Lavement?

Il s'arrête, coi. Jette un regard circulaire aux deux motards chargés de veiller sur le cadavre et, soudain empli d'une extrême dignité, Bérurier murmure :

— Très bien, je rentre chez moi pour y être malade tranquillement. C'est providentiel que j'eusse conservé le taxi. Y sera à ma charge, m'en fous, j'ai les moyens. Mon père m'a laissé des biens. J' peux vivre sans leur saleté de retraite. J'ai une femme capable de travailler. Elle a deux bras, deux jambes...

— Et une paire de fesses? coupé-je.

Qu'est-ce qui me pousse à être méchant, par moments? Le diable, vous croyez? Oui, c'est possible, ça me semble être la seule explication rationnelle.

Le Mastar a un soubresaut. Puis il s'affaisse comme un château de sable sous l'orage.

— Oh alors, si on en serait là, murmure-t-il, y a plus qu'à tirer l'échelle et s'en aller aux fraises. Pinaud, tu voudras bien avoir la gentillesse d'informater le Vieux de ma démission. J'y enverrai la lettre en bonnet de forme dès que ma santé me permettra d'écrire. Amène-toi, Marie-Marie!

— Des clous, répond la Musaraigne. Faut toujours que tu fasses des simagrées quand t'as torché un litre de rhum, comme avant de partir!

— De quoi!

— En pleine enquête! renchérit la mini-donzelle, t'abuses, m'n' onc. Je te croyais plus sérieux au travail. Mémé avait donc raison quand é l'affirmait que t'étais juste une grosse gonfle pleine de vide!

L'admonestation anéantit Béru pire que sa grippe. Il s'arrête de démissionner et marmonne des menaces effrayantes, mais très imprécises.

Moi, pendant le solde du conflit, j'ai arraché la toile recouvrant Jacques Merdre et me suis accroupi auprès de ce dernier.

Mon cœur se serrre. Il était jeune, fort, blond, beau gosse. Et maintenant, le voilà qui dérive dans le néant où il va vite se diluer. Il a une partie du visage arrachée par son traînard à moto. Ses fringues sont en lambeaux.

— Il ne portait pas de casque? demandé-je à la cantonade.

— Pas au moment de l'accident, me répond une voix d'homme.

Je lève les yeux sur un type corpulent, vêtu d'une combinaison de faux cuir, fourrée de mouton synthétique. L'homme a une casquette à oreilles d'épagneul et la goutte au nez. Une gueule de brave homme, façon Béru. Il aime son foyer, le vin rouge et Léon Zitrone.

— C'est vous qui avez assisté au drame? deviné-je.

— En effet, reconnaît l'interpellé. Je m'appelle Polo et j' sus livreur chez Fossat-Merdre.

— Ces établissements travaillent le samedi après-midi?

— Pas les labos, mais aux livraisons on a une permanence pour approvisionner les pharmagos. C'est mon jour!

Il ricane.

— Et quel jour, mince merde! Si je m'aurais attendu...

Béru, vous dis-je! Une nature forte, sereine, éminemment française!

— Voulez-vous me raconter, de façon succincte, comment le drame s'est déroulé?

Il cueille un mégot sur son oreille, le palpe pour lui redonner sa forme cylindrique d'origine, l'allume au moyen d'un briquet en matière plastique massive et déclare :

— J' sais pas si je vais vous raconter ça façon suce-sein, comme vous le demandez, mais on va tâcher moyen de faire en sorte d'être précis...

Il exhale une fumée comme je croyais que seule la S.N.C.F. pouvait encore en produire, puis me dit en désignant les confins.

— Là-bas, au bout de la ligne droite, les labos. Vu?

J'acquiesce.

— Ici, sur la droite, un petit chemin à travers champs, re-vu?

— Ça suit.

— Moi, je me trouvais dans la cour de la boîte, à ouvrir le portail qui reste bouclé pendant le véquende. A travers les grilles, j'ai aperçu le gars Jacques avec sa Honda 750. Il bombait vache, comme à l'accoutumée de son habitude. Chaque fois je me complaisais de le regarder, tellement qu'y f'sait acrobate sur son bolide. T't' à l'heure, comme toujours, je le suis du regard et des yeux. Et soudain, j'ai les roustons qui fripent! V'là qu'une bagnole bondit du chemin qu'est là à droite...

— Quel genre d'auto? coupe l'inspecteur principal Bérurier, soucieux de se manifester.

— Une grosse ricaine blanche à toit noir avec des pare-chocs renforcés.

— Comment, renforcés?

Polo contemple son synonyme avec un début de mauvaise humeur.

— Permets, mon pote, articule-t-il posément, j'aime pas perdre le fil. Et si tu veux que je t' foute les pare-chocs avant les bœufs, je vas me prendre les pinceaux dans le narratif.

Puis, sans se soucier des réactions béruréennes, il me demande :

— J' continue?

— J'allais vous en prier.

— Bon. Qu'est-ce j' disais donc, avant que l'aut' pomme, là, me débranche la prise d'antenne? Ah, oui, la bagnole...

« Elle jaillit comme une fusée et emplâtre Jacquot en plein fouet! Mince-merde, vous auriez entendu ce boucan! D'ailleurs v' n'avez qu'à visionner un peu le désastre : y a des parcelles de débris jusqu'à dache...

Son geste circulaire désigne des choses convulsées et scintillantes sur la route et dans les terres pétrifiées par l'hiver.

— Ensuite? pressé-je.

Il achève de téter son mégot avant de l'évacuer d'une chiquenaude.

— C'est là qu'on tombe dans la crapulerie, fait Polo en baissant le ton.

On le sent révolté jusqu'au tréfonds de son être. Il a des bleus à l'âme, comme dirait Françoise.

— Mais que je vous reprenne. Moi, tout de suite, j'ai cru à un accident accidentel, turellement. Aussi je bondis dans ma Rosalie (il montre une estafette garée à vingt mètres de là, dans l'herbe) pour porter aide. Que vois-je pour lors ? Deux mecs qui sautent de la guinde ricaine et courent vers Jacky. Ça allait de soi ; ce qui l'allait moins, c'est que ces pourritures de types ont acharné sur lui avec une grosse clé anglaise pour le finir. J'ai accéléré à outrance. Ils m'ont entendu venir et ont foncé dans leur navire. Démarrage en catastrophe ! Voyez les traces sur la terre gelée du champ. Y aurait pas le gel, y s'enlisaient, ces carnes. J'ai hésité de les courser. Mais avec ma chignole de livreur, vous pensez... J'ai préféré m'occuper du môme. Hélas ! Pauv' grand, on pouvait plus rien pour lui. Pourquoi on y a pété la tronche, au Jacquot, selon vous ?

— J'espère le découvrir bientôt, promets-je. Ils ressemblaient à quoi, ces vilains ?

— A des fantômes. Quand je m'ai approché, j'ai vu qu'ils s'étaient enfilé des bas sur la frime pour s' la dissimuler. A part ça, ils portaient des pardessus sombres et des chapeaux gris. Bon, je vous raconte, à présent, les pare-chocs ?

— Bien sûr !

— J'ai eu le temps de m'apercevoir qu'y z'avaient attaché un morceau de rail de chemin de fer à l'avant de leur carriole pour qu'é fasse mieux tamponneuse. Donc, le coup était prémédité à l'avance !

— T'as pas à tirer des conclusions hâtives d'événements dont t'es simple témoin ! se venge Béru. La gamberge consécutive, c'est nos oignes, à nous, policiers !

— Y' m' font pleurer les fesses, tes oignons, hé, Moudu ! enrogne l'interpellé. D'accord c'est pas à toi qu' j' cause, mais à ton chef qui, lui, au moins, a deux vrais yeux au lieu de deux glaves.

Le Mastar va pour bondir, mais je m'interpose.

— Du calme, messieurs! Vous réglerez vos antipathies ultérieurement. Dites-moi, Polo, avez-vous l'impression que les deux meurtriers aient pris quelque chose à leur victime?

Le livreur me délivre une tonne et demie d'admiration en vrac.

— Vous, alors, vous avez pas de la frisure de bois dans le caisson à fourrage, admire-t-il. Non, y z'ont rien pris, du moins pas que je pense, parce que j'ai survenu à tombeau ouvert, si je puis parler pour ainsi dire, mais y m' semble bien que le deuxième mec, pas çui qu'assommait, l'autre, fouillait ce brave Jacques...

— Bien, plus rien à déclarer?

— Non, rien. Quand je m'ai aperçu du décès mortel du gamin, j'ai retourné à la boîte pour prévenir la police et le patron...

— Merci, Polo. Votre témoignage est de la première importance. Des collègues vont enregistrer votre déposition par écrit et aller un peu plus avant dans les détails, mais pour l'instant ça me suf...

Je m'arrête pile au milieu du mot (ce qui est la stricte vérité, *suffit* comportant six lettres, alors que je n'en ai proféré que trois).

— Hé, attendez, vieux. Ne m'avez-vous pas dit que vous avez prévenu la police *et le patron*?

— Si!

— Et le patron!

— Bé, oui!

— C'est-à-dire Célestin Merdre, le père du jeune homme?

— Bé, oui! Le patron, quoi!

— Vous l'avez eu au téléphone?

— Textuellement. Ah, ça n'a pas été fastoche à dire. Mince-merde, j' savais pas par quel bout attraper l'histoire.

— Vous lui avez téléphoné où ?

— Bé, chez lui, c'te connerie !

— Boulevard Général Triburne ?

— En personne !

— Et c'est *lui* qui vous a répondu ?

— En personne.

— Vous êtes bien certain ?

Polo a un rire nerveux, couronné de chicots jaunes, et constellé de postillons gros comme des comprimés d'aspirine.

— Comment j'en douterais-t-il ? Ça fait vingt-deux ans que je travaille chez Fossat-Merdre. Le boss, Tintin comme on l'appelle entre nous en causant de lui, j'y ai servi de chauffeur quand y s'est cassé une patte au ski, v'là trois ans. J'ai vécu dans son intimité, tout ceci pour vous dire que je connais sa voix !

— Et c'était lui, sûrement lui ? Pas le moindre doute à ce sujet ?

— Mes choses à couper ! Lui, sur la tête de mon gamin !

— Qu'a-t-il dit ?

— Il a répété « mon Dieu, mon Dieu » à plusieurs reprises. Et puis il a dit aussi « Jacques, mon Jacques, mon Jacques, c'est ma faute. » Enfin il a raccroché. Les sanglots lui étouffaient.

— Il a dit « C'est ma faute » ?

— Il l'a dit ! Mais, mince-merde, pourquoi t'est-ce vous me contestez tout, au fur de la mesure que je parle ! J'ai pas une réputation de menteur, renseignez-vous !

— Mon incrédulité vient du fait que Célestin Merdre était, m'a-t-on affirmé, en voyage depuis plus de deux semaines.

— Ben oui, je sais. Faut croire qu'il était rentré car c'est lui, LUI qui m'a répondu, en personne et en os. Maintenant, si vous me croyez pas, allez y demander!

— Je vous crois, Polo. Dites-moi, Célestin Merdre ne pèse pas deux cents kilos, n'est-ce pas?

Il hausse les épaules.

— Lui? Un rayon de vélo. Valentin-le-désossé! on l'appelle gras-d'os, pour vous situer!

— Merci.

Poignées de main.

— Tu as fouillé le mort? demandé-je à Pinuche, lequel s'est affairé sur la dépouille de Jacques Merdre pendant que j'interviewais le livreur.

Il a le don de la pocket's exploration, César. Un doigté de vieux piqueur de tronc. Vous le verriez aventurer sa main, en pince de homard dans les fouilles à explorer, vous ne vous en iriez pas avant la fin de la séance. Du travail lent et sûr. Un boulot de vieux rat patient.

Sa triste récolte est étalée sur une couverture, comme l'humble éventail d'un vendeur, aux puces. Une montre sport (antichoc, ô ironie). Un portefeuille. Des clés. Un canif. Une tablette de chewing-gum.

Le larfouillet contient les papiers de Jacques Merdre, plus une photographie en couleur de la ravissante fille à qui nous devons, Béru et moi, le plongeon électrifié que vous savez!

Ce qu'elle est bathouze, cette gosse! Je ne le clamerai jamais assez haut!

Son regard hautain est énigmatique. Intimidant.

Hautain en importe le vain!

La présence de sa photo dans le portefeuille du garçon foudroyé signifie-t-elle qu'il existait de tendres liens entre eux?

Si oui, je déplore doublement la mort tragique de Jacques Merdre. Ne devait pas s'emmerder avec une partenaire de cette classe.

Dites, du temps que j'y pense : pourquoi nous a-t-elle virgulés dans la tisane, la jolie Hindoue ? Et pourquoi s'est-elle carapatée ? Au moment de notre arrivée à l'appartement, elle paraissait ignorer le valdingue du gros bonhomme en compagnie duquel elle partageait le logement des Merdre. Sinon, aurait-elle continué à se baquer paisiblement ?

— Y a un truc, qui me turluqueue, déclare le bon Bérurier après s'être mouché avec les doigts.

Il parle tellement du nez, que, pour comprendre ce qu'il dit, faudrait engager un oto-rhino.

— Si c'est vrai que l'autre patate, là, a prévenu le dirlo, comment t'est-ce qu'il se fait qu' n' soye pas là ? Quand on apprend une chose pareille, on se pointe en grande vitesse, généralement d'habitude !

— Il va peut-être venir, dis-je. Allons visiter ses établissements en l'attendant.

— Il ne viendra pas, déclare l'organe chancelant de Pinaud (chose).

— Ah bon, et qu'est-ce qui motive cette affirmation catégorique, cher vénérable bipède ?

— Il est mort, lui aussi ! déclare Baderne-Baderne.

— Voiliez-vous ça ! ricane Sa Majesté. T'as lu la nouvelle dans ton journal de la semaine prochaine ?

Le Bêlant fait couler sur nos personnes la lumière poisseuse de son regard gélatineux.

— Vous allez vous gausser de moi, je gage, clapote-t-il, mais je le sens !

Le Prospère renifle d'aise.

— Penses-tu qu'on va se fout' de ta poire, ma p'tite bouille détraquée ! Fallait bien, dans ton état de liquidation mentale, que t'eusses des mirages un jour ou l'autre ! D'ici que tu bricoles les horoscopes du matin à la radio, y a pas large. Mec. Les Prédilections de Nostrapinuche, je te parie que ça fera fureur. Y sont tellement cloches, tous... Au point d'avoir besoin de la magie pour s'orienter. Paumés, je les vois, tout le temps et partout... Si je vous disais, tiens : au bistrot. Quand on leur demande ce qu'y veulent écluser, tu sais leur réaction avant de répondre ? Y regardent l'heure ! Sont à ce point pattemouilles, ces carnes rances, que c'est leur montre qui décide ce qu'y doivent boire.

*
**

Don de voyance pinulcienne ou pas, toujours est-il que M. Célestin Merdre ne donne pas signe de vie.

Nous visitons ses labos déserts sans y trouver rien d'anormal ; il faut admettre toutefois que nos connaissances en chimie ne nous permettent pas des investigations très poussées.

Empilés dans un G 7, nous faisons le point de la situation en regagnant Paris. L'événement tragique foisonne dès le départ de cette affure, non ? Ecoutez, je vous demande de faire une petite expérience... Notez le numéro de cette page et récapitulez ce qui s'est passé depuis le chapitre premier. Ensuite cramponnez un bouquin de votre bibliothèque, n'importe quel Gide ou Mauriac fera l'affaire. Reportez-vous à la même page du livre en question. Inventoriez soigneusement les péripéties qui vous sont servies dans cette seconde quantité de lecture. Et alors les chiffres parleront d'eux-mêmes. Vous pigerez noir sur blanc ce que c'est qu'un San-Antonio. Pendant que je vous déballe cinq cadavres et huit coups de théâtre homologués, ces Messieurs, effacés de la coiffe, vous distillent péniblement un projet d'adultère, une mort (naturelle) de grand-père, voire quelques menus souvenirs d'enfance comme nous en avons tous (et des biens plus beaux que les leurs puisque ce sont les nôtres !). Le prosateur académique, il est obligé de faire une

pogne à son stylo pour obtenir l'éjaculance. Il écrit
au goutte à goutte. Il perfusionne du style! On te
vous veut faire croire que l'expression c'est de
t'extrait de caoua! Mon culte, oui! L'expression ça
se pisse! Ça te ruisselle de toute part! Tu la
dégoulines, j'affirme solennellement! Des fautes de
syntaxe, français, forme et toutim? Et alorsss? Bien
entendu, qu'y a de la défectuosité. Ça rugueuse un
peu, c'est pas du marbre, heureusement! La littéra-
ture-tombeau, merci bien: au Père Lachaise, plize!
L'art funéraire, c'est p't' être beau, seulement c'est
triste. Ceux qui mausolent en couronne, se taillant
un burin en bicorne dans une stèle, ne pensent qu'à
prendre leur pied. Ils finissent pas le lecteur. S'en
torchonnent. Le moulent sans seulement le faire
goder chouchouille. Leurs bouquins sont kif-kif les
livres des sépulcres, là qu'on peut lire: « *A mon
cher époux, regrets zéternels* » Un angelot formant
lutrin, l'air bien con pour exprimer la pureté inté-
grale, fanatique. Non, mes gamins, ne vous laissez
pas enviander par les dorures des doreurs profes-
sionnels. Pesez le pour et le con! Aux alarmes,
citoyens! Réformez vos bataillons! Renversez les
catafalques! Venez pêcher dans nos rivières, même
que l'eau vous en semble trouble! C'est pas dans les
miroirs biseautés mais dans les torrents qu'on chope
les plus belles truites! J'ai dit!

— Si on prend le fil Merdre, soupire Pinaud, on
est amené à se demander pourquoi il venait aux
laboratoires de son père, avant la fin du match dont
il a été exclu. Ça n'est sûrement pas très sportif.

— Y avait sûrement urgence, note le Dodu.

— Je pense, dis-je, que c'était ici qu'on amenait
le goal hindou à bord de la fausse ambulance...

On réfléchit, chacun pour soi, ce qui est une
bonne manière de gamberger.

Ça dure un bout de temps. Le chauffeur du G 7 est

un vieux râleur, escorté d'un toutou blanc et noir qui pue le chien mouillé et oblige Pinuche, assis près du conducteur, à se tenir de profil. Notez que la Vieillasse est tellement maigrichonne qu'elle est à tout jamais réduite à l'état de profil.

— En tout cas, reprend le cher homme, ses meurtriers savaient qu'il allait arriver à Corbeil puisqu'ils le guettaient sur le chemin de traverse.

Je reviens à ma préoccupation dominante :

— Pourquoi « sens-tu » que Célestin Merdre est mort ?

— L'exclamation qu'il a poussée en apprenant l'assassinat de son fils : « C'est ma faute. » Un père qui apprend une pareille nouvelle, qui lance ce cri et qui n'accourt pas au chevet de son enfant, ce père, San-Antonio, ne peut survivre.

— Tu lui supposes la réaction de l'obèse ? Selon toi, c'est LUI qui aurait dû se défenestrer ?

— Tu ne crois pas ?

— Si, tu as raison.

Marie-Marie qui n'a pas piqué mot se permet d'intervenir.

— En somme, fait-elle, c'est ça, une enquête ?

— Quoi, ça ? rudoie son oncle.

— Vous déconnez, vous déconnez... Et la parlote, et la parlote ! J' m'imaginais les choses autrement.

— Et t'as jamais imaginé qu'une môme malpertinente prenne un aller-retour sur le museau, dis, morveuse ? C't' une tarte garnie phalanges que tu cherches ? San-A, pousse-toi un peu que je la mornifle, cette bourriquette !

Je souris.

— T'énerve pas, onclâtre. Elle n'a pas tellement tort. Nous sommes à ce point ensevelis sous les événements qu'on ne sait plus par quel bout attraper cette affaire.

Mais le Mastar ne m'écoute pas. Quelque chose requiert son attention.

— Dis voir, pimbêche, abrupte-t-il (1), qu' c'est qu' c' paquet qu' t' trimbales? T' l'avais pas en venant?

— Une trouvaille à moi, dit la gosse. Pendant que vous déconniez près du mort, j'ai esploré le pourtour des environs et j'ai trouvé ce machin, c'était arrimé au porte-bagages de la moto, dont lequel est allé se fout' dans un buisson.

— Donne! croassé-je. Donne vite! Peut-être est-ce là ce que cherchaient ses agresseurs!

La musaraigne secoue ses nattes raides.

— Penses-tu : c'est sa tenue d'hockeur.

Je déballe fébrilement le colibard. Effectivement, il s'agit d'un vêtement d'hockeyeur. Je le palpe soigneusement, mais ne sens rien sous mes doigts. Malgré tout, par acquit de conscience, j'entreprends de l'ouvrir à l'aide des ciseaux dont mon couteau suisse est muni.

La gosse proteste avec véhémence.

— Vous êtes tous des vandaux, dans la flicaille! Abîmer un si joli machin, c'est de la sadiquerie! Quand on pense qu'y a des enfants qui claquent de froid!

Ses récriminations ne me troublent pas. Je lacère, je hache, cisaille, découpe, découd, effiloche... Rien! La tenue est de bon aloi. Pas un centimètre carré n'a échappé à mon inspection. Une vraie frénésie!

— T'es content, maintenant? grince miss Tresses. Beau travail! Hep, m'sieur le taxi! Si vous verriez dans l'état qu'il a mis votre calèche, ça vous flanque-

---

(1) C'est chouette, non, « abrupte-t-il ». Cette fois je suis sur orbite, les gars!

rait des vapeurs! On dirait qu'on vient d'éventrer un
édredon!

Bien entendu, le bougre fait un foin du diable.
Tellement que son médor hurle à la mort!

On les calme, l'un avec un billet extrait de ma
poche, l'autre avec un sucre sorti de celle de Pinuche
(et qu'il réservait à l'absorption d'une médication).

— T' vas voir c'te danse que tu vas prendre ce
soir, quand t'est-ce j' rentrerai à tome, fulmine
Tonton Bérurier. Dire que j' t'ai emmenée en
enquête pour te faire prendre l'air, qu'au lieu
t'aurais dû apprendre ton Histoire de France!

— Pff, j'en sus t'aux rois feignants, m'n' onc',
riposte la mouflette, d'être avec vous autres, c'est
presque une répétition.

Elle repousse avec une rare autorité la main
d'icononcle levée sur elle et ajoute :

— Santonio, tu permets au moins que je gardasse
les lambeaux de la combine pour m'amuser demain à
la campagne, chez le cousin Evariste à Embourbe-le-
Petit où qu'on se fait tellement tarter?

Quand elle sourit, elle est irrésistible, Marie-
Marie. Un jour, des guignols se damneront pour
elle! Je lui réponds qu'oui, que voulez-vous!

— Si je récapitule, dit le Vieux (allons, bon! lui
aussi) nous avons eu cet après-midi cinq morts au
cours de la même affaire, vous rendez-vous compte,
messieurs, que cela constitue une espèce de record?

Il élève sa main, poing fermé.

Au fur et à mesure qu'il énumère, il libère un
doigt.

— Un gardien de but hindou, deux faux infirmiers, un mystérieux obèse et un fils de famille.

— On dirait du Prévert, noté-je.

Ma remarque ne l'amuse pas.

— Et il y a des disparus, continue-t-il. La belle fille qui vous a bernés comme des gamins (ici la voix se durcit), Célestin Merdre et... vingt kilogrammes de drogue ! Voulez-vous que je vous fasse une confidence, messieurs ?

— Faisez, vous êtes chez vous ! déglutit Béru, lequel mange sournoisement un quignon de pain moisi retrouvé dans une poche de sa canadienne.

Le Dabuche le pulvérise d'un regard féroce.

— Bérurier, dit-il, vous m'obligeriez en gardant pour vous ces exclamations stupides qui n'ajoutent rien à votre réputation.

Le Gravos pourprit et s'étrangle.

— 'scusez-moi, sieur le dir'c'teur, batouille l'Hénorme, j'esprimais juste pour dire. J' sus tout à votre ouïe.

Le Big Boss hausse les épaules.

— Confidentiellement, donc, dans tout ça, une seule chose m'intéresse : l'héroïne !

— Nous z'aussi, m'sieur le directeur, s'affale le Mafflu, seulement elle a filé comme une salope tandis que pendant on barbotait dans la piscine.

Le Scalpé frappe son sous-marin avec sa règle d'argent massif.

— Je vous parle de l'héroïne-drogue, Bérurier ! Etes-vous totalement borné ou vous moquez-vous de moi ?

— Je ne me moque pas de vous, M's' l' dir't'r, s'étouffe l'interpellé.

Pour bien, affirmer son mépris, le Vénérable se tourne délibérément face à moi, afin d'abandonner l'Ignoble à ses morosités.

— Vous n'ignorez pas que, dorénavant, la drogue est notre hantise. En haut lieu, on nous a donné des consignes formelles. Lutte à outrance. Moi, ce que je vois dans cette affaire, c'est l'héroïne. « Elle

arrive de l'Inde. Et qui trouvons-nous, côté français ? Un directeur de laboratoire pharmaceutique et
son fils ! C'est clair, non ?

— Non, assuré-je courageusement.

— Ah bon ? grince le Vioque.

— Généralement, fais-je, la drogue arrive brute
d'Asie pour être traitée en France. Ici, on l'apporte
sous sa forme définitive. Quel serait le rôle du
laboratoire, en ce cas ?

Mon objection, comme chaque fois, agace le
Patron. Il ne souffre jamais la contradiction. Il croit
en son infaillibilité. Elle est nécessaire, comme
toujours aux puissants de ce monde. Il n'est pas
gênant qu'un chef se trompe. Mais il est catastrophi-
que qu'il admette son erreur.

— Dites donc, San-Antonio, dites donc. Cette
héroïne, l'avez-vous vue ? Non, puisqu'elle a brûlé.
Nous n'avons que l'affirmation de ce suspect, appréhendé et interrogé par le plus grand des hasards.

— En effet, monsieur le directeur. Aussi pensé-je
que nous devrions procéder d'urgence à un nouvel
interrogatoire de cet Hanjpur-Hanjrâdieu. Il prétendait ne pas en savoir davantage, mais il serait bon de
s'en assurer.

— Je le fais amener immédiatement, admet le
Dirlo.

Il décroche son bigne et lance un ordre.

— Ce qui me tarabuste, reprend le Super-
Chauve, c'est toute cette mise en scène du goal
volontairement estourbi et qu'on évacue. La planque dans la combinaison était suffisamment bonne,
en soi, pour permettre un échange discret de l'héroïne contre de l'argent...

Je lève la main.

— Vous permettez, Patron ? Qui nous dit que la
drogue devait être échangée contre de l'argent ?

Peut-être est-ce là que les laboratoires Fossat-Merdre jouent un rôle ?

— Nous l'apprendrons vite. J'ai ordonné la mise
en place du dispositif Mimosa afin de retrouver
Merdre, les meurtriers de son fils, et votre Hindoue.

Le bignou chantonne.

— Oui ? hargnit le Vieux.

Comme on dit dans les beaux livres bien écrits,
« son visage se transforme ».

— De quelle façon ? insiste-t-il.

Il écoute. Sa calvitie scintille dans la lumière du
déflecteur.

— Bon, soupire-t-il en raccrochant, *ita est*.

Il croise ses belles mains de pianiste et se met à
nous contempler pensivement.

— Rien de fâcheux ? demande timidement Pinuchet.

— Et de six ! annonce le Vieux.

— Célestin Merdre ? demande âprement, presque triomphalement, César-la-Guenille.

— Non, l'Hindou.

— Quel Hindou, monsieur le directeur ? ques-
tionné-je vivement, car il est difficile, phonétique-
ment d'exprimer un « e » muet placé à la fin d'un
mot tel que « hindou ». Je pense à la fille,
comprenez-vous ?

— Celui qui vous a mis au parfum, mon bon.

— Hanjpur-Hanjrâdieu ?

— Soi-même : il s'est pendu dans sa cellule.

*
**

Nous demeurons un moment sans parler.

Le silence étant, dans les cas extrêmes, le meilleur
moyen d'expression.

Et puis, la Calbasse hasarde ces belles paroles,
empreintes d'un sens de la logique étourdissant :

— En somme, ça devient comme si ça serait dramatique, mais en plus violent, non?

On le défrime.

On l'envisage.

Il est calme, boursouflé, plein de graisse et de pensées en haillons.

Enhardi par notre mutisme, et le prenant pour de l'intérêt, Bérurier se croit invité à poursuivre son allocution.

Il le fait.

Il le faut.

— Ordinairement, ça raisine pas, dans les affaires de came. On dit : les trafiquants, les trafiquants. Bon : les trafiquants! Mais moi, j'ojecterai : « quoi, les trafiquants » ?

Ebloui, réchauffé par son préambule, il déboutonne sa canadienne de maquignon ruiné.

— Un trafiquant, reprend-il, c'est quoi t'est-ce, sinon un simple commerçant? D'accord, je vous cède le con, ce commerçant-là laisse quimper la tévéha et paie ses impôts chez Plumeau. En outre et d'autre part, ses activités sont illicites et punises par la loi selon l'artic' j' sais plus combien de j' sais pas quoi, soite j'inconvéniens; mais en prose, en vers et contre atout, y reste commerçant. Pas porté sur la chicorne. Discret à raser les murs. Dans la camouze ça s'étripe pas bécif. Or, pour le cas présentement actuel, y se passe quoi t'est-ce? Verdun, messieurs! Et j'assaisonne çui-là! Et je te me fous par la fenêtre! Et je te me pends! Et cétéra et cétéra! Tant qu'à la fin, moi, Bérurier, policier espérienté qu'a pas sa cervelle dans sa poche percée, j'induis à me demander ceci : « Mais sacré nom d' Dieu, pourquoi ce méchant bigntz? Caisse y différencie la présente histoire de drogue d'une aut', hmm ? » Et m'étant eu posé la question, je m'apporte sur un plateau la réponse suivante ci-dessous : biscotte on a affaire à

des Hindous! Vous entendez ce que je cause? A des
Hindous! Ces bonshommes, c'est mystère et bulldo-
zer. Y n' font rien comme tout le monde. Pour piger
leurs giries faut avoir suivi des cours de planches à
clous à la faculté de fakirerie d'Ocalcutta. A dater de
l'instant où l'adversaire dont tu combats a d'autres
mœursaults que les tiens, t'agis à contresens, dou
you pigez it?

Epoumoné, il se tait.

Le voilà cramoisi, le chéri.

J'attends une explosion du Vieux.

Elle se produit en effet. Mais pas dans le style
prévu.

— Bravo, Bérurier!

— N'est-ce pas! exulte l'Ampleur.

— Pour filandreuse qu'elle paraisse, votre
démonstration n'en est pas moins éblouissante,
continue notre honoré Patron.

— J'en avais la prétention, rétorque fermement
Bérurier. L'intelligence, même si elle trouve pas ses
mots, reste intelligente.

— C'est vrai, Bérurier, c'est vrai. Mais dites-moi,
combien pesez-vous, mon ami?

La question accroît la stupeur ambiante.

— Moi? bafouille (et pourtant c'est dur de
bafouiller sur une seule syllabe) le Gros.

— Oui, vous.

— Nu, ou en tenue de pêcheur à la ligne? Parce
qu'en tenue de pêcheur, rien que les cuissardes,
déjà...

— Nu, Bérurier, nu?

— Nu, répète Alexandre-Benoît, d'un ton son-
geur. Laissez que je vous dise pas de connerie.. Nu,
je vais chercher mon quintal!

— Cent kilos? doute le Dabe.

— Grammes! ajoute Béru. Cent kilogrammes,
nuance!

— Seulement?

Le Mastar rougit, son regard balbutie.

— Ecoutez, m'sieur l' dir'c'teur, ça dépend du moment de la pesée, nécessairement. Si je me péserais en sortant de table, il est évident (1) que mon poids subirait une fluction. Bon, chipotons pas, je vais vous faire une cotte de maille taillée : ajoutez dix pour cent d'intérêts et vous tomberez dans l'énorme.

— Il va falloir peser près du double, Bérurier! décide le Dirluche.

— Hein!

— Parfaitement, mon garçon!

— Mais c'est au sujet de quoi-ce, s'il n'est pointe indiscret, m'sieur le d'r'cteur?

— D'une mission délicate, Bérurier.

Le Mafflu fronce son tarin fraiseux.

— Bon j' dis pas non, j'ai rien d'absolument contre six nait ma bergère. Déjà qu'elle rouscaille quand je l'ascensionne comme quoi j'y flétris les loloches et y bouscule les poumons... Si je me joue philippine, vous parlez d'une chanson! Elle voudra plus que je lui accapare les faveurs, m'sieur le directeur. Y a pas plus ronchon que c'te bonne femme. Enfin, brèfle, je grossirai en douce.

— Pas le temps.

— Ah non?

— Non, *il faudra peser deux cents kilos dès ce soir, Bérurier!*

— Dès ce...

— Oui, mon ami.

Alors Béru, le bon, le brave, le cher, le tendre Béru a une réaction étourdissante.

Vous savez ce qu'il fait?

(1) Du verbe « évider ».

Il regarde sa montre.

— C'est pas de la mauvaise volonté, mais je crains bien que ça soye un peu juste, m'sieur le directeur, soupire-t-il, navré.

DEUXIÈME PARTIE

RIEN N'EST TOQUÉ
MAIS TOUT EST O.K. !

PECHA RIT PREMIER

— Si encore ce serait de la vraie graisse, fignolée
Grand Véfour, lamente Béru, mais j' t'en fous : du
caoutchouc renforcé. J'étouffe comme dans un car-
quois, là-dedans. J' me fais l'illuse d'être picador aux
arènes de Madrid. Et pis c'te chaleur de chiasse
n'arrange pas mon problo. Et ma gueule, dis, parle-
z'en moi, de ma bouille, Mec ! Il en a fait quoi t'est-
ce, ton costumeur de cinoche ? Une tarte à la
crème ? Une tête de veau vinaigrette ? Un coussin de
caissière ? Ça me difforme de partout. J'ai l'impression qu'on m'a gonflé à 2,8 ! Le roi de la baudruche !
Ah, les idées du dabe, je te promets : c'est pas de la
galantine de canard !

— Te plains pas, grommelé-je, ne t'es-tu pas
défoncé l'éloquence pour le convaincre que la solution du problème se trouvait en Inde ?

Il essaie de hausser les épaules, mais ne parvient
qu'à se meurtrir avec l'une des nombreuses sangles
dont il est bardé comme un bardot.

— De là à me transformer en éléphant blanc, y a
un fossé, non ?

— Il l'a franchi à pieds joints.

— Est-ce que je fais illuse, au moins ? J'ai l'air
gros pour de bon ?

— D'autant plus que tu étais déjà doué au départ,

mon père. Notre maquilleur n'a fait que préfigurer un avenir que je crois proche.

— Toujours qu' tu charabiates, marmonne le super-obèse.

Ça lui fait une démarche bizarre de dame très enceinte, son bide de caoutchouc plombé. Ses épaules en chlorure de vinyle achèvent de l'envelopper. On lui a filé un col dur, trop étroit, pour lui gonfler le cou et des piqûres de Brantzpuch concentré lui dilatent les bajoues. Beau travail. Il fait vraiment infirme de la glande endocrine, notre Béru. Il sue sur la piste de ciment menant aux bâtiments de l'aéroport. Il a le souffle bref. Des petits geignements lui fusent du gosier à chaque pas. Marcher est devenu, pour lui, un calvaire.

Un vent soufflant de la mer et chargé d'odeurs de kérosène attise l'incandescence de sa trogne.

Il va, renaudant après son métier, ses chefs et l'Inde mystérieuse.

— Claudius! appelé-je.

Le Formide ne réagit pas.

Je réitère.

— Claudius, quoi!

Il s'arrête, sourcille à travers son maquillage en forme d'emplâtre écrasé.

— Qu'est-ce y' t' prend?

— Il me prend que tu es censé te prénommer Claudius, hé, panosse! Et que tu l'as déjà oublié.

— Ah oui, bon... Bouge pas, je m'y fais... Claudius Monbraque. C'est parti. Rappelle-moi voir, pour voir.

— Claudius!

— Et merde! rétorque son ami avec une fausse amabilité.

Un sourire parvient à se faufiler à travers ses bourrelets vrais et faux.

— Tu vois, que ça vient! dit-il...

Nous parvenons dans les bâtiments où règne une température convenable. L'air sent la sueur et le musc (1). Des dames en saris bleus ou verts, merveilleusement coiffées à l'huile d'olive, glissent dans la cohue. Y a des gus enturbannés, d'autres enrubannés, certains ont des culottes bouffées (aux mites). Ces brunes chevelures scintillent comme de l'astrakan. Que de beaux visages ! s'exclameraient ces dames du Femina Singulier ! Des Tanagras ! Des figures de bas-reliefs ! Les Mille-et-j'-sais-pas-combien-de-nuits-qu'avec-ma-gueule-de-bois-ça-me-tarte-de-les-compter, mes sœurs ! La blondeur est un accident de la nature. Une maladie de peau ! Une erreur de pigmentation. Faut venir dans ces pays pour le comprendre. Quand tu considères ces peuples basanés, dans les tons verts, avec leurs chevelures étincelantes à force de noirceur, t'es incommodé par le blondinet qui s'aventure dans les parages. Tu le considères comme un pestiféré. Un galeux ! Un scrofuleux ! Une anomalie !

On souscrit aux formalités passeportières. Des gars à moustaches irrésistibles nous filent les coups de tampon admissifs. Et puis c'est les barrières au bout desquelles la foule attend ses chers z'arrivants.

— Je crois que je retapisse ton gus, Mec ! soufflé-je, à l'oreille de Jumbo. A droite, avec un pébroque ! Tu mates ?

— C'est parti.

Effectivement, le m'sieur que j' cause correspond à la description faite sur la feuille de carnet du défunt Monbraque. Un petit vieillard, barbe blanche, lunettes cerclées d'or. Il est habillé à l'Européenne, d'un chouette costar de soie noire

---

(1) Pensez-vous : ça pue l'homme, comme partout où y a de la concentration de bipèdes. J'écris ça pour faire plaisir à mon éditeur qu'exige de la tenue dans nos cahiers !

dont la coupe locale filerait des angoisses métaphysiques à notre ami Ted Lapidus! Il porte une sorte de polo blanc, en soie, avec un col très montant. Personnage singulier. Son air grave impressionne.

Il réagit en apercevant Béru, s'avance vers nous, d'une démarche de chat qui veut se repasser une hirondelle perchée au bord du chéneau.

— Mister Monbraque, je présume? demande-t-il à Bérurier avec un fort accent britindien.

— Exaguetely soi-même, mon bon sir! répond le Gros. You s'are de vot' côté Mistère Hivy Danhladesh, je résume?

— En effet!

Shake-hand frénétique.

— Permettez-me de présenter to you monsieur Antoine San-Antonio, mon infirmier, déclame l'Obèse (moi donc) en me désignant.

Je m'incline et serre les cinq doigts froids qui me sont présentés.

— Votre infirmier! Seriez-vous malade, mister Monbraque?

— Un peu de fading dans le guignol, biscotte mon bon point qui me taquine les coronaires du dessus, explique doctoralement le Grrrrros. J'ai droit à la piquouze de soutien quand Popaul fait son caprice.

Mais le sieur Hivy Danhladesh ne l'écoute pas. Ayant pris trois pas de recul, il évalue le Mastar d'un œil gourmand.

— Fantastique, dit-il. De toute beauté! Combien pesez-vous?

— C'est la seconde fois qu'on me pose la question en peu de temps, rigole Alexandre-Benoît. Pour tout vous dire, pépère, j'ai franchi le cap des deux cents kilos, ce qui revient à dire qu'avec bibi on ferait quatre gonzesses mignonnettes ou trois matous en ordre de marche. J' sus pas l'aubaine des compagnies de transports, hé?

— Quelle merveille! Quelle merveille! roucoule, pépie, glouglloute et trépigne M. Danhladesh. Deux cents kilos! On n'a jamais vu ça aux Indes! Le record était détenu par la reine Victoria, qui, en 1877, fut proclamée impératrice. Elle le fut d'ailleurs plus à cause de son poids que de son prestige. Deux cents kilos! Par Apsara, vous êtes la réincarnation de Bouddha!

Le terme semble péjoratif à mon valeureux camarade.

— Si vous auriez un mètre pliant, vous feriez bien de mesurer vos espressions, m'sieur Dunœud, rétorque-t-il sévèrement. J'ai du tonnage, d'accord, mais c'est pas un motif valable pour se payer ma tronche! Bouddha! Non, mais sans char! Bouddha! Par un macaque que si je le prendrais par la peau du c... elle me resterait dans la main! Ah, je vous jure, faut venir à Bombé pour l'entendre!

Je me hâte de faire diversion.

— C'est très aimable à vous d'être venu nous attendre, mister Danhladesh. Puis-je vous demander quel est le programme immédiat?

Ce genre d'expédition est toujours très délicat, mes amis. Prendre la place d'un bonhomme dont on ignore les motifs de son déplacement requiert infiniment de prudence et un don très poussé du point de suspension. Fort t'heureusement, je suis un suspensionniste spontané. Dès que l'on m'enseigna, à l'école, les règles mouvantes de la ponctuation, je reconnus le point suspensif! Il était déjà en moi! A travers le fourmillement des virgules, des points-virgules et autres points en tout genre, je fus subjugué par ces trois petites crottes de mouche en ligne. Cet élan n'avait rien de maçonnique. Il procédait d'un besoin de me blottir. C'est le refuge de l'inexprimable! Le point de suspension, c'est ce qui vous reste à dire quand vous avez tout dit, donc l'essentiel ! Une manière d'en finir avec sa pensée ! Et aussi de la préserver. On peut s'y réfugier à tout instant de la conversation. Il est toujours disponible, d'une efficacité constante. Je crois que s'il n'avait pas existé, Georges Simenon l'aurait inventé ! Il est simultanément évasif et précis puisqu'il permet au lecteur d'emboîter sa pensée à celle de l'auteur. Moi, c'est bien simple : si un gouvernement totalitaire venait à proscrire le point de suspension, je n'écrirais plus qu'en braille !

— Le programme est très simple, répond le petit vieillard, nous partons immédiatement pour Khunsanghimpur, dans la province de Bandzob.

— En avion ?

— Non : par chemin de fer. Je suis navré de vous infliger ce voyage, mais il est indispensable, ceux de ma secte voulant assister à la démonstration de Mister Monbraque avant que de souscrire à nos accords.

Je toussote.

— Très légitime en effet, dis-je, en me demandant furieusement de quelle démonstration et de quels accords il peut bien s'agir.

Comme je suis ici pour le découvrir, je décide d'attendre la suite des événements.

Le moins qu'on puisse se permettre de dire sur la ligne Bombay-Khunsanghimpur est qu'elle n'est pas piquée des vers.

Mais, comme l'écrirait mon vieux camarade Balzac (dont il serait bon de rafraîchir la mémoire) un peu d'historique tout d'abord.

La province du Bandzob, je le précise à l'intention de ceux qui n'ont ni connaissances géographiques ni Larousse, est située à droite en entrant dans l'Inde, entre les Provinces de Léaupôlsédârsanghor et de Mikélanjmolitor. On y cultive le trèfle à quatre feuilles et la principale industrie du pays est la flûte-pour-charmeur-de-serpents. Quelques temples fameux font de la région un haut lieu touristique. Le plus célèbre, rappelons-le, est celui de Çervlâtrufé dont les deux tiers se trouvent au British Museum de Londres. C'est dans le temple de Çervlâtrufé qu'on peut admirer la fameuse statue de Férdhinân le taureau sacré (fin du moyen âge, le chef-d'œuvre de l'art cégâlo).

Donc, le train qui mène le voyageur de Bombay à Khunsanghimpur mérite d'être classé monument hystérique. C'est un témoignage! Une survivance! Un musée à roulettes!

Qu'il vous suffise de savoir, afin de pouvoir le situer, que seules les premières classes sont pourvues de banquettes (encore celles-ci sont-elles de bois). A partir des secondes, c'est le bivouac pur et simple. Quant aux troisièmes, on y empile les voyageurs comme les rondins dans un bûcher.

Hivy Danhladesh qui ne lésine pas nous a payé des firsts.

Byzance!

— Y a pas de wagon-restaurant? s'inquiète le Gravos dont la boulimie naturelle est comme stimulée par son simulacre de super-obésité.

— Pour quoi faire? répond naïvement notre mentor.

La réponse laisse Sa Majesté aphone.

— Ben enfin, y dure combien d' temps, ce voyage? articule-t-il avec peine et angoisse.

— Huit heures environ, sauf incidents de parcours toujours possibles.

— Et on va manger quoi donc pendant ces huit plombes, Messire Danhladesh?

— Qu'entendez-vous par « manger » ? questionne le vieillard.

— Comment, ce que j'entends par manger ! Y s'fout de ma fiole, ce tordu ! Manger, ça se passe de commentaire, non ! Miam-miam ! Tortore ! La croque ! La jaffe ! La bouffe ! Le carburant ! Calories very good ! All for the brioche, vieux chnock ! Polka of the mandibules, you pige ? Avec c'te bedaine signée Jumbo, me faut un service après-vente à la hauteur ! J' sus pas venu ici pour becqueter du microbe atrophié. J'ai b'soin de solide, moi. Bien épais. Dodu. Vous comprenez le français ? Bravo : alors bifteck ! Saignant ! J' sus poète, sans un chateaubriant y'a plus d'homme !

Une sorte d'inquiétude gagne le sieur Hivy Danhladesh.

— Il a réellement besoin de manger ? me demande-t-il.

— Affirmatif ! réponds-je.

— Beaucoup ?

— Voyez son ventre !

— C'est pour lui une nécessité absolue ?

— Et qui plus est : un sacerdoce.

Le gentil vieillard escalade le marchepied d'un wagon de première.

— Montons, nous aviserons en route.

Naturellement, la chose présente certaines difficultés, Bérurier se refusant d'entreprendre un voyage de huit heures sans être assuré de pouvoir se nourrir. L'obliger à monter dans ce train est aussi aisé que de forcer un bouvillon à grimper dans le camion d'un boucher.

Je dois sévir pour y parvenir.

Mais j'y parviens !

Le train fait vraiment teuf-teuf, comme dans les dessins animés (mais qui avaient pourtant une âme) du regretté Disney. Et sa locomotive (un oubli des Britanniques qui avaient apporté cette pièce de collection de 1877) pousse des tutuuut (de danseuse). Une populace extravagante s'empile autour de nous. Les wagons comportent des bancs de bois, je vous l'ai dit, qui vont d'un bord à l'autre ; ils ne sont pas carrossés. Ils se composent d'un plateau, avec un toit de toile duquel pend un lambrequin décoloré. Ça ferraille, ça tintinnabule, ça ballotte, ça grince, ça tangue éperdument. Nous sommes jetés l'un contre l'autre. Parfois un coup de frein nous propulse en avant, et on va donner du pif contre les voisins d'en face. Parlons-en de ces voisins ! Ils sont hâves, efflanqués (1), émaciés, blafards sous leur peau verte. Leurs yeux leur bouffent la figure. Les hommes portent des turbans, des frocs flottants autour de rien du tout. Les plus vieux ont des colliers de barbe. Les femmes sont en saris colorés et, malgré leur misère, arborent des bijoux clinquants. Toute cette foule croule sous des bagages informes car, chose paradoxale, ce sont toujours les gens démunis qui sont le plus encombrés. Les riches se déplacent avec un attaché-case plein de travellers chèques et de cartes de crédit, tandis que les pauvres ne possèdent que ce qu'ils ont et ne s'en séparent point.

Au bout de quelques minutes, tout le monde somnole dans des langueurs infinies. Le peuple hindou a une éternité de sous-nutrition à surmonter. Il est assoupi sur sa faim héréditaire et ne pourra conquérir sa bouftance que lorsqu'il sera mieux nourri, ce qui paraît un petit peu insoluble au départ.

---

(1) Vous noterez que dans tous les bons livres, consciencieusement écrits, « hâve » et « efflanqué » sont deux adjectifs qui marchent de pair.

Par moments, le train ahaneur ralentit. La chaleur nous tombe alors sur le poiluchard comme un seau de goudron en fusion. La loco s'époumone dans les rampes. Ses roues patinent. Ses bielles en perdition gueulent au secours ! Mais personne ne leur vient en aide. Un train qui dessert la province du Bandzob, il peut toujours courir pour ce qui est d'être secouru. Tiens, fume ! C'est le cas de le dire...

— Vous n'êtes pas trop dépaysés ? murmure Hivy Danhladesh.

— Pensez-vous ! ricane l'Hargneux, on se croirait dans le métro, sur la ligne Dauphine-Nation. Et, bien entendu, vous n'avez rien à boire non plus ?

— Hélas non, nous sommes très ascétiques, vous savez ! déplore le vieil homme.

— Assez tiques et assez cons, grogne l'Obèse. Quand vous recevez des invités de ma marque, vous pourriez quand même faire un effort, quoi, merde ! Moi, quand j' retourne à Saint-Locdu-le-Vieux, mon pays natal, qu'est pourtant un tout petit bled, tout le monde met les pieds plats dans l'écran.

Il se met à lorgner les paniers qui nous cernent.

— V' s'allez pas me faire croire que ces pèlerins s' sont embarqués sans boustiffe, dites ! Doivent bien avoir un petit quéque chose amusant à se filer dans la pipe, vu que l'air du temps, ici, elle m'a l'air trop cuite, qué calor, mon z'ami !

Tandis qu'il geint, lamente et vitupère, j'entreprends le Vieux. Huit plombes de dur, vous parlez ! Si je n'arrive pas à lui extraire les lombrics du blair pendant cette promenade hautement apéritive, c'est que je suis l'antépénultième des pommes (il restera toujours Béru et Pinuche après moi !).

Avant de le chambrer, je récapitule mentalement les indices déjà mis sur ordinateur.

Hivy Danhladesh appartient à une secte.

Cette secte est sur le point de conclure un accord avec le pseudo Claudius Monbraque.

Auparavant, Monbraque doit faire une démonstration à ces gens.

De quel ordre ?

Le fait qu'il eût été lié avec Merdre, chimiste éminent et directeur d'importants laboratoires pharmaceutiques est-il à retenir ?

Quelque chose me dit que oui !

Dans le fond, le Vieux a été un peu impulsif en nous dépêchant à Bombay. Auparavant, il eût mieux valu en savoir davantage sur Monbraque. Mais le ratiboisé de la houppe est obnubilé par la drogue ! Dès qu'il s'agit de « blanche », il voit rouge ! L'avait trop peur de rater la filière. Alors il a confié l'enquête parisienne à Pinuche et nous a embarqués dare-dare pour les comptoirs de l'Inde. Tu bondis, chéri, dans les champs d'Ernagor !

— Vous êtes nombreux, dans votre secte ? hasardé-je.

Hivy Danhladesh me sourit.

— Des millions, Dieu merci.

— Je veux dire, à Khunsanghimpur ?

— La moitié de la population en fait partie. Vous savez : il le faut. L'Inde est acculée au progrès. Nous vivons une époque qui ne pardonne pas.

— Et, beaucoup de gens sont au courant de... heu... l'expérience ?

— Non. Avant d'ébruiter la chose, nous voulons nous en convaincre.

Il ajoute vivement et sur un ton d'excuse :

— Remarquez que, personnellement je suis convaincu. Mais les autres dirigeants de ma section ont besoin de preuves tangibles. Comment se propageraient les miracles s'ils s'opéraient sans témoins ?

— Et, une fois qu'ils auront admis le... la chose ?

— Alors ce ne sera plus qu'une question de

propagande, s'enflamme Danhladesh. Nous répan-
drons la nouvelle, ferons des adeptes et peu à peu,
l'émulation opérera.

Nous sommes interrompus par le Mammouth.

— Non, mais y en a qui s' gênent pas! tonitrue
mon collaborateur.

Il me montre un vieil Hindou, style fakir, lequel
est occupé à déféquer sur le marche-pied de notre
wagon.

— Tu te rends compte qu'on roule en feurst et
qu'a pas de chichemanes?

Il se tait, médusé. Ce qui suit appartient à la
magie. Figurez-vous que le fakir s'est relevé et a
regagné la plate-forme du wagon sans s'être recu-
lotté. Il prend une grosse bande de gaze dans un
cabas et se fourre une extrémité d'icelle dans la
bouche. Il a un léger mouvement de mastication. La
bande se déroule lentement. L'homme déglutit à
tout bout de champ.

— Tu crois qu'y la bouffe? chuchote le Grrrrros,
intimidé.

— Oui.

— Sans boire?

La bande continue de se dévider. Bientôt, elle a
presque totalement disparu, exception faite d'une
vingtaine de centimètres qui pendent de la bouche
du bonhomme.

Nous deux mis à part, personne ne lui prête
attention. Chacun continue de dormir ou de rêvasser
dans les cahots du train.

— Non, mais mate! Mate! exhorte Bérurier.

Le spectacle en mérite effectivement la peine. Le
fakir (ou estimé tel par les néophytes que nous
sommes) s'introduit deux doigts dans le rectum
comme pour se saisir de quelque chose. Genre, le
monsieur distrait qui se serait endormi avec son
thermomètre dans le baigneur. Il doigtonne un brin

et ramène, vous devinez quoi? Oui : le bout de la bande de gaze !

— Faut le faire, non, bée Béru. Quand j'étais mouflard j'ai vu des avaleurs de sabre, mais un comme cézigue !

A présent, le déféqueur tient les deux extrémités de la bande dans chacune de ses mains et imprime à la bandelette un mouvement de va-et-vient, comme vous pratiquez pour vous frotter la chute de reins avec une serviette-éponge.

— Tu parles d'une manière de se torchonner le fignedé après usage, mon pote ! rigole Fleur d'Innocence. Tu me vois pratiquer de la sorte av'c un rouleau de faf à train? Dis donc : à la régalade !

Ayant achevé sa besogne, l'Hindou retire sa bande par le bas et entreprend de l'enrouler afin qu'elle soit disponible pour une prochaine séance.

Le Gravos lui touche le bras.

— Scouse-me, Sœur, aborde-t-il. Volume to montre me the combinaison, plize? Hantise fort to épatate my bonne femme. Douille houx to pige bonne femme? Nana! Gerce! Fumelle, what!

D'autor, il cramponne la bande de gaze du vioque et commence de se l'enfourner dans le clappoir.

— Et afteur, Mec? questionne-t-il, la bouche pleine. Et afteur? Préconise-moi, y a un truc, naturliche! Montre-me it! Montre-me it et je t'aboule un bifton de 10 roupettes !

Hivy Danhladesh dit quelque chose au fakir lequel se met à donner un cours d'avaleur à notre cher Mastar.

Les explications se font par gestes.

— Ah! Aaaah! râle soudain l'Hénorme. Him semb' que ça vient.

A cet instant, tout le convoi fait un boucan noir, comme si on attachait la tour Eiffel à la queue d'un chien.

On est jetés pêle-mêle! Enchevêtrés! J'ai ma tête sous le sari d'une dame! On se débat! Les roues continuent de ferrailler sur le rail brûlant. Les heurtoirs se tamponnent. Les wagons se marchent sur les pieds. C'est la cohue, le dessin Duboutien. Ça gueulotte un brin : des mômes tombés des blagues à tabac maternelles...

On s'ébroue, se récupère, se rattife tant bien que mal.

Et puis on s'informe à travers les confusions, les contusions.

Renseignement pris, il s'agit d'un troupeau de vaches sacrées qui est couché en travers de la voie. Hivy Danhladesh nous explique qu'on ne peut le chasser, il faut attendre que les bêtes se déplacent d'elles-mêmes avant de continuer.

— J'en avais entendu causer, articule Béru, coupé dans sa leçon de gaze, mais je croyais qu' c'était des bobards à la Jules Baliverne, genre *Les cinq sous pour l'avoir raide!*

Il se tait, la pommette enflammée, la prunelle convoiteuse, de la bave aux babines.

— Dedieu! exclame-t-il, ben le v'là not' casse-graine. Un morcif dans le filet, même quand c'est taillé dans de la bestiole coriace, c'est pas négligeable!

Il fouille sa valoche à la recherche d'un couteau. J'interviens. En pure perte. Il a faim, comprenez-vous? FAIM! C'est pire que la mousson, un Béru affamé. Plus terrible qu'un raz de marée, plus irrésistible qu'un cyclone.

Le v'là qui saute du dur.

— Où va-t-il? demande Hivy Danhladesh, alarmé.

— Il veut tuer une vache !

— Quouâaaa !!!!!!

Le petit vioque galope sur le ballast à la poursuite du Gros. Puis il s'immobilise et lance un cri strident.

— Regardez ! hurle-t-il.

Les Hindous sont penchés à l'extérieur et matent également.

Ce qu'ils fixent, de leurs pauvres yeux abasourdis ? Je vais vous le dire, bien que vous ne me le demandiez pas, ou peut-être à cause de cela car j'ai horreur des mendigots (1).

Ils regardent l'énorme couteau planté dans le large dos d'Alexandre-Benoît Bérurier.

Mais le plus stupéfiant, le côté hallucinant de la chose, c'est que Béru continue de marcher vers la tête du train *comme si de rien n'était !*

(1) C'est faux, je leur fais l'aumône.

ARCHI PET DEUX

Il ne sert à rien de faire un pet dans l'eau pour en dissimuler l'odeur, tous les physiciens con-pétants vous le diront, avec preuve à l'appui. Je vous note ceci-cela au passage, à cause de ma tête de chapitre qui sonne tout bizarre au milieu d'un ouvrage de cette qualité. Vous savez combien j'estime fastidieux le découpage d'un livre en chapitres, c'est pourquoi — mes féaux le savent — je tâche à égayer cette nécessité en jouant avec ce mot « chapitre », pourtant tout bête et rabougri (tellement rabougri que j'ai bien envie d'y foutre un « s » manière que ça fasse plus... gris encore). Cette fois, j'en ai dégagé les ânes à grammes. Et puis voilà que la fantaisie des assemblages me donne le machin ci-dessus. Rigolo, non ! D'aucuns me prêteront encore des instincts scatologiques. Diront bien bas que je me complais dans les lieux d'aisances et je sais pas quoi encore ! C'est vrai dans la mesure où je les fréquente quelque peu : loi fait nécessité ! Pourtant, la main sur l'anus je peux vous jurer une chose, gentlemen et women : je ne pète jamais en société, et en privé le moins possible. Cela dit, je reconnais le pet comme mode d'expression. J'affirme qu'il contient des vertus comiques certaines et ne lui conteste pas son droit de cité. Le pet me séduit par le fait qu'il représente l'énormité. Une énormité qui nous menace tous et nous terrasse plusieurs fois au cours de notre propre vie organique. Il est des pets auxquels on aspire (si je puis dire), des pets qui font rêver. Tenez : imaginez un pet de Sa Majesté la reine d'Angleterre pendant un discours au Parlement, et vous comprendrez ce que j'entends par là. Folie ? Non, ÇA PEUT SE PRODUIRE. Ah ! fasse le ciel que la chose arrive avant la fin de la monarchie, car ce serait LE pet du siècle. Aucun autre ne saurait le remplacer. Un pet de M. Kossyguine ? Cela va de soi. De Nixon ? On croit toujours l'entendre ! De Franco ? Il ne fait que ça ! De Liz Taylor ? J'entends les siens depuis chez moi ! Inutile de se foutre la calbasse en torche. Le seul pet vraiment IMPORTANT ne saurait souffler que de London et ce serait un pet royal !

Bien, c'est tout pour la question, y' aurait encore à dire. Seulement c'est vous qui trouveriez à redire. Pour un de vous qu'aime que je digresse, y a une meute qui beugle « la suite » ! sur l'air des lampions. Alors, Béru...

Béru et son poignard fiché dans le milieu du dos comme un portemanteau à une patère (noster, austère, ou noire).

Béru qui déambule d'un pas lourd en bordure du ballast.

J'ai dit un poignard ? Vrai, vous êtes certains, montrez ! C'est vrai. Alors je m'en dédis, je mendie votre absolution. Un poignard, c'est pas très grand, c'est raisonnablement meurtrier. Tandis que le machin que le gros se trimbale a des dimensions d'enseigne. En réalité, je peux bien vous le confier, puisque vous le répéterez à tout le monde, il s'agit d'une arme typiquement hindoue : le kûrdanhkomak. La lame mesure 31 centimètres de long. Elle est effilée comme un steak de cantine et recourbée dangereusement, en forme de boomerang, si bien que le lanceur inexpérimenté a la gorge tranchée lorsqu'il rate sa cible. Dangereux, hein. Vous oseriez pas étudier le lancement du kûrdanhkomak, vous autres! Moi non plus d'ailleurs. Faut être asiatique pour s'y risquer. Hindouiste ou bouddhiste.

Les gens se mettent à dévaler du dur en trépignant et gesticulant. Leur ram dam (1) attire l'attention du Mastar.

Qui se retourne.

La foule, en le voyant si vivant, si gras, si sanguin, si congestionné, tombe à terre et se prosterne.

— Caisse y leur prend? me lance Béru.

Sans mot dire je m'approche de lui.

Je biche le manche du coutelas et je tire.

Vous qu'êtes cons mais pas bouddhistes, vous avez parfaitement réalisé que le sortilège est uniquement dû au rembourrage de caoutchouc dont le Gros est affublé, n'est-ce pas? Fort heureusement, si la lame du kûrdanhkomak mesure 31 centimètres, l'épaisseur du rembourrage est de 32, si bien que mon valeureux complice n'a rien ressenti.

Ayant arraché la lame, je la montre au peuple recueilli. Constatant qu'aucune particule de sang ne perle sur le fil de la dangereuse rapière, les voyageurs poussent un cri d'extase.

Ils étaient en transit?

Les voici en transes!

Un vieillard couleur d'acajou, avec un gros anneau d'argent passé sous le nez, désigne Béru d'un doigt tremblant d'émotion et clame :

— Ganesh!

Toute la populace reprend en chœur :

— Ganesh! Ganesh!

— Pourquoi y me traitent de ganache? rouscaille

_____

(1) Mot hindou signifiant brouhaha.

l'Abomination ambulante. C'est mon bon point qui les défrise ?

— Au contraire, Gros : ils te prennent pour un dieu, le dieu Ganesh, celui de l'abondance, le plus sympa. Il a un corps d'obèse...

— Il est espagnol ?

— Je te dis pas un Cordobès, mais un corps d'obèse. Et une tête d'éléphant.

— D'éléphant ? s'assombrit mon pote.

— Oui, la sienne ayant été tranchée par son père, d'après la légende.

— J' sus Babar, en somme ?

— Comme qui dirait.

Je lui montre le couteau.

— Toujours est-il qu'il se trouve dans le train quelqu'un qui n'aime pas les pachydermes. T'avais ça dans le dos, Mec !

Du coup, sa physionomie s'éteint.

— Me semblait bien avoir senti un gnon, mais j'y ai pas pris garde. J'aime pas qu'on m'en veule, San-A. Les gus qui m'en veulent, je les mets au pas de l'oie en deux temps trois mouvements.

Il m'empare le couteau, le brandit tel un sceptre et demande :

— Qui qui s'est permis de planter l'homme ?

— Ganesh, Ganesh ! répond la multitude.

— Ganache mon cul ! leur répond Béru. Que çui qui m'a chahuté le dossard se dénonce, autrement sinon je massacre toutes les vaches sacrées !

Comme personne ne bronche, il me dit :

— Traduis-y, Gars ! Je les soupçonne de pas seulement comprendre not' langue.

— Traduire ! Mais je ne parle ni l'Hindi, ni l'Urdu, pas davantage le Télégou, l'Assamois, le Bengali, le Goujrati, le Dogri, le Malayalam, le Tamoul, le Marathi, le Kannada, ou l'Oriya !

— Alors demande au père Tatezy de nous servir d'interprètre.

Je retourne à notre compartiment.

A ma violente surprise, le sieur Hivy Danhladesh est à plat bide dans la poussière, comme les copains. Mieux que les copains, même, car il est étalé de tout son court (il n'est pas grand), le nez dans la poussière.

Il a également un kûrdanhkomak entre les épaules. Tel que je vous le dis !

Seulement lui ne bénéficiait pas d'un capitonnage en caoutchouc.

Si bien qu'il est canné à outrance.

Lazare aurait été mort à ce point, Jésus ne Se serait même pas donné la peine de le ressusciter !

Croyez-moi, mes gentils bougres, mais cette situation n'a rien d'agréable. J'ai un torrent de sudation qui me dévale la gouttière. Me semble à tout bout de champ que je vais déguster ma ration de ferraille entre deux côtes premières.

— Et de sept ! lancé-je au Gravos en lui montrant notre guide. Enquête au point mort, la filière est coupée, rien ne va plus. Si après ça t'as le cœur de bouffer un steak de vache sacrée, va t'en tailler un dans la masse, Gros. Moi je commence à avoir des fourmis dans le moral.

*
**

Il fait nuit noire lorsque nous parvenons, sans autres z'encombres, à Khunsanghimpur.

Des voyageurs ont enveloppé le corps de notre mentor dans une toile.

Les vaches sacrées, agacées par les halètements de la locomotive, sont allées plus loin pour regarder passer le train.

Et le voyage a repris.

Nous nous sommes prudemment assis au fond du wagon, le dos à la paroi de bois. Béru a beaucoup dormi, couvé par les regards extasiés de nos compagnons de voyage.

Au fil des stations, les voyageurs ont largué le convoi, aussi sommes-nous une pincée à débarquer à Khunsanghimpur.

Il s'agit d'une misérable bourgade dominée par un palais de marbre rose (nous le saurons au matin, car pour l'heure tout est noir).

J'ai beaucoup gambergé pendant le long trajet. Et le résultat de mes cogitations n'engendre pas la gaieté. Vous parlez d'un écheveau, mes gamines! J'ai rarement rencontré une enquête où les morts se succèdent à une telle cadence! Un vrai casse-pipe forain. Le défilé des petits bonshommes qu'on flingue dès qu'ils découvrent le bout de leur nez!

Pan! Vlan, au tas! Pan! raté (Béru) Vzoum! Gagné (Danhladesh...) A qui le tour à présent?

Cet immense pays me paraît bourré de maléfices. J'ai l'impression (étayée sur des faits précis, mon Dieu, n'est-ce pas?) qu'il nous refuse, comme la chair refuse l'écharde.

Une secte très nombreuse attend l'arrivée du pseudo Monbraque, lequel vient ici pour faire une démonstration.

Démonstration de quoi?

Quelle pomme fus-je, de prendre mon temps. J'aurais dû presser Hivy Danhladesh de questions. Accumuler les tuyaux au maxi. Au lieu de ça, m'sieur le commissaire n'a rien voulu brusquer.

Souplesse et grâce! Entrechats! Jeté-battu de danseur follingue. Pas payant, ça, mon Tonio! Le temps bouscule! Il presse! Nous a, que disait Audiberti. Le temps, c'est positivement nous qui l'avons.

Mais dans le dos.

Et plus bas encore, pour finir !

Jusqu'au moment décisif qu'on n'a plus le temps d'avoir le temps.

Que c'est conclu, terminé, à vide... Sidéral !

On a traversé des plaines faussement fertiles, gravi des rampes sinueuses, longé des précipices rocailleux. On a rampé dans la rocaille lunaire d'une montagne. On a aperçu des nids de verdure. Franchi des cornes de forêts aux essences inconnues dont l'âcre parfum nous chavirait. On a aperçu des agglomérations miséreuses. Et puis aussi — mais oui, quelques usines flambant neuves autour desquelles s'affairaient des ouvriers casqués. On a vu des militaires à turbans rouges, dans les lointains. On a admiré des palais qui semblaient en sucre. Des miséreux, partout, ont fait la liaison entre l'Inde d'hier et celle qui veut bâtir demain. Des guenilleux titubant d'inanition. Des gamins tristes, parce que trop maigres. Des femmes sans bonheur. Des hommes résignés... Trop ! La résignation, c'est la plaie du monde. Son agonie.

Je suis ivre de toutes ces images. Des alignées de gens déféquant (quoi, mon Dieu ?) ensemble le long d'un chemin branlant. Et puis des groupes de vaches blanches, indolentes, lugubres, trop sacrées pour être honnêtes, mais qui n'en excitaient pas moins la convoitise de Béru quand il se réveillait.

Des cahins, des cahas, des cahots !

Teuf-teuf... Tu-tuuuut !

La journée s'est écoulée.

S'est engloutie.

La nuit est venue, avec des étoiles vives dans le ciel noir, des feux dans la campagne obscure... Il y a eu des gares, des haltes...

On a entendu des chants.

Et enfin, nous voici à Khunsanghimpur, mourant de faim et presque de soif (bien qu'on ait pu se désaltérer à des fontaines dans des gares) intimidés par l'ampleur du pays. Effrayés par les périls qui nous entourent. Car quelqu'un est au courant de ce que le soi-disant Monbraque vient faire ici. Et quelqu'un qui n'est pas d'accord. Quelqu'un qui a tué. Qui tuera encore... Brrr, hein? Et comme vous avez raison!

Quelques chétives loupiotes, disséminées... Tout est silencieux, à l'exception d'un chien mécontent qui clame sa fringale aux échos nocturnes. Et comme il hurle faiblement, le pauvret!

Ici, les chefs de gare peuvent se permettre d'être cornards, car ils portent un turban.

Celui de Khunsanghimpur est seul pour assurer le service, lequel consiste à souffler dans une trompette pour faire partir ou repartir le train. De vente de billets il n'est pas question, chacun brûlant le dur impunément.

Lorsque les ultimes voyageurs se sont égaillés dans la nuit, nous restons seuls, le Grrravos et moi sous la marquise de bambou. Le train lui-même est parti sur une voie de garage. Le chef de gare vient de s'allonger sur une natte dans la salle des pas perdus.

Nobody...

Le ciel étoilé... La noye... Le chien faiblard brayant dans un silence qui ne ressemble à aucun des silences que nous avons connus précédemment...

— Au bon accueil, hé? marmonne le Gravos.

Je pense avec nostalgie à mon pavillon de Saint-Cloud, avec ses lumières, le balancier de la pendule et les bonnes odeurs de cuisine.

— Ça fait un chouïa nécropole, conviens-je.

— Marrant qu'il eusse pas t'été attendu, le père Dugenou, il allait nous emmener où est-ce?

Je prends le parti d'aborder le chef d'Edgar.

— Je vous demande pardon, sahib (j'ai lu Kiplinge). Parlez-vous anglais?

L'homme rouvre un œil, un seul. Il fonctionne à l'éconocroque, because son manque de calories. Il a soufflé dans sa trompette aujourd'hui, et l'effort l'a épuisé.

Un faible secouement de tête.

— Hôtel! fais-je alors... Hôtel!

A nouveau sa courte dénégation. Il referme son œil, nous laissant à notre sort. Il ne peut plus rien pour nous.

— Pas d'hôtel, hein? demande Bérurier, glacial.

— Non, mon fils : pas d'hôtel.

— C't' un bled pourri, quoi?

— Pour le moins très isolé. Je m'en suis douté en voyant les régions que nous traversions. Montagneuses et désertiques.

Tout à coup, sans crier gare (à quoi bon du reste puisque nous nous trouvons dans lune d'aile) mes cheveux se dressent sur ma tête, comme les membres d'un congrès uhénaire quand ils entonnent leur Marseillaise de clôture.

— Oh, seigneur, ça me revient, balbutié-je.

— Quoi-ce? s'intéresse tout juste Béru.

— Khunsanghimpur, dans le Bandzob... J'ai lu un reportage sur la région dans *Reconnaissance des Lézards,* la revue de l'élite. On appelle ce coin : « La Vallée de la Faim. »

Vous avez déjà entendu le meuglement de la vache normande en gésine?

Le cor des Alpes, le soir, dans un canton de Suisse primitive?

La sirène de brume d'un steamer qui n'arrive pas à traverser sa manche?

« Meûhhqu'c'tudihulululuuuuuû! émet le Gravtard.

J'acquiesce.

— Hélas!... Le train ne va pas plus loin parce que c'est un cul-de-sac. La montagne est abrupte. Les ressources sont réduites à néant. Il y fait une chaleur de crématorium. C'est une pépinière à épidémies, car l'eau n'y est pas potable. On...

— Tais-toi! Tais-toi, chuchote-t-il, infiniment bas. Comment qu' t'as pu grimper dans ce dur en sachant cela? Pas étonnant que presque personne descendisse ici!

Il y a dans les yeux ravagés du Gravos ce mystère indicible qu'on trouve dans le regard d'une idiote amoureuse.

— On s'est laissé fourvoyer dans un piège à cons, Mec! On va claquer de faim, de soif, ce qu'est presque aussi pire! On est bons pour se choper le typhon, le cholestérol, la malle arrière et toutes ces sales maladies trop picales! Gerbons illico, je te conjure! Allez, fissa!

Je secoue de rechef de gare.

Il ne m'accorde même pas un œil.

Il est insensibilisé.

Mort, peut-être?

— Attends, dit Bérurier, toujours réaliste, en sortant une banknote de sa fouille. J'ai là une petite roupette de sansonnet qui va y donner des couleurs.

Il promène le billet sous le nez du chef hagard. Sollicité par la petite odeur, l'autre rouvre les deux yeux.

— Tu vois! exulte Sa Majesté, Saint-Eloi n'est pas mort, puisqu'y regarde encore! Si y spique au jeu, y spique également engliche, au moins par gestes. Demandes-y à quelle heure part le prochain dur pour ailleurs!

Je pose la question. La répète. La gesticule.

L'autre me bredouille un mot.

— Le train repart quand t'est-ce? croasse le Mastar.

— Mercredi!

— Hein! Trois jours! J' veux pas! Taxi! On

prend un bahut! Demande-lui? La station la plus proche elle est où est-elle? s'affole mon camarade.

Nouvel et laborieux échange.

Négatif. Ce type ignore même ce qu'est un taxi.

Il n'a plus la force que de se saisir du billet froissé. Cette fois il est *out*.

— Viens! fais-je au Gros.

— Mais où?

Je lui désigne le palais dont la masse éclairée par la lune se détache sur une couleuvre rocheuse (1).

— Vallée de la faim ou pas, on va aller voir s'il n'y aurait pas de la mise en bouteille au château.

(1) Il s'agit là d'une étourderie de l'auteur qui voulait parler d'un « python rocheux ».

RAPT CHIE TROIS

L'excursion la plus saugrenue de ma vie, parole !

Imaginez-vous dans un pays que vous ne connaissez que par quelques documentaires de première partie, distraitement regardé au cinoche entre deux baisers (car je n'y vais jamais seul).

Un pays dont vous savez qu'il est dangereux, malsain à tout point de vue !

Un pays où vous arrivez après qu'on eut assassiné votre guide et tenté de planter votre meilleur ami.

Ce, en pleine nuit.

A chaque pas, un couteau peut siffler et venir voir si l'air de nos poumons est aussi bon qu'on le prétend.

Nous tremblons sur nos cannes. On ne parle pas. J'ai ma main posée sur la crosse de mon ami Tu-Tues ! C'est un contact réconfortant. Oh, je ne me fais pas beaucoup d'illuses : si une embuscade nous est tendue, il ne me servira pas à grand-chose, tout de même, il vaut mieux, dans la conjoncture présente, avoir ça dans la main plutôt que le tome deux des Mémoires d'Espoir du Général de Gaulle. Cela dit, chose aussi curieusement étrange qu'étrangement curieuse, *je ne me sens pas en danger pour l'immédiat*. J'ai peur, certes, mais pas de l'instant présent. Ma panique se situe à un niveau plus élevé. Je redoute ce qui va suivre, non ce qui est.

Mon septième sens qui m'informe, quoi !

Car, ignares et démunis du bulbe sont les connards qui croient que nous n'avons que cinq sens ! Outre l'ouïe, l'odorat, la vue, le toucher et le goût, moi je compte le fade et la prémonition.

L'organe du fade est celui de la volupté. Je veux bien que, d'une façon générale, les cinq premiers participent à la fiesta, ça oui, heureusement, mais ils n'y partipent justement que d'une façon générale. Ne me racontez pas, gentils messieurs, que ce que vous éprouvez par l'intermédiaire de votre scoubidou à tête ravageuse ressort du toucher ! Ça n'a rien de tactile, mais alors rien de rien ! C'est *fading*. Ce mot, je l'invente. Le voici, prenez-le, il est désormais à vous. Et même si je me réfère au mot anglais *fading,* je suis ravi de constater que ce dernier tendrait à ratifier le mien. En effet, je lis dans le Robert la définition suivante : « *fading :* action de disparaître, de s'effacer ». Prendre son fade, n'est-ce pas disparaître ? N'est-ce pas s'effacer ? Disparaître pour rôder dans les coulisses du paradis ? Le fading, c'est l'extase. Il est notre sixième sens. Le plus délicat. Le plus suave. Le plus fragile. Je l'exige dorénavant dans les écoles. J'en appelle à mon ministre de l'Education Nationale. J'envoie une lettre recommandée à *Larousse.* Je somme *Robert !* J'invite respectivement Messieurs les membranes de l'Institut. Je mobilise la Faculté ! Le Collège de France ! Tous mes amis du corps en saignant ! Notez : fading ! Le sixième sens de l'homme ! Apprenez par cœur : l'odorat, le toucher, l'ouïe, le goût, la vue, le fading. J'inspecterai, juré ! Ferai réciter en commençant par les profs. Six sens ! Qu'on se le dise, se le répète ! Six sens ! Pour le septième, la prémonition, on verra plus tard. Chaque chose en son temps ! Six sens ! Dès la maternelle faut inculquer !

Passer dans les campagnes, dans les usines, les boxifs, partout où les gens travaillent et n'ont point le temps de réapprendre. Y mettre des haut-parleurs. Six sens! Le sixième étant le sens du fade, ou fading! Six sens! Interdite sur les antennes la diffusion du *Cygne* de Saint-Saëns, pour pas confusionner le peuple. L'extirper de la tronche, ce slogan idiot de nos cinq sens! Et surtout, pas ratiociner, hein? J' veux pas de galimatias, d'objections, de oui mais... Par exemple, inutile de venir me dire que le sixième sens ne se révèle chez l'homme qu'à partir d'un certain âge, alors que tu vois, dans leur berceau, des bébés se caresser le gnougnouf avec leurs nounours en peluche! Même avant la vue, il manifeste, le fading! Avant de reconnaître Môman! Tout cela étant dit et, je l'espère, bien dit, j'en reviens à mon septième sens.

D'accord, çui-là, pas tout le monde le possède.

Moi qu'ai cette chance privilégière, je sais qu'on est en pleine pistouille tartinée merde sur ses deux faces.

Mais, nonobstant cette certitude de mon sub, mon corps se décontracte parce que je « prémone » que c'est pour illico.

« Grand Dieu, me dis-je familièrement, tandis que mon pas soulève la poussière du chemin, que peut-il donc y avoir de commun entre ce pays de mort, torride, perdu dans le Bandzob, et une équipe de hockey sur glace! Voici moins de 48 heures, je déboulais à la patinoire...

L'idée de la glace me hante.

J'en prendrais volontiers quelques centimètres cubes dans un whisky copieux!

— J'ai beau y penser, je pige pas, murmure soudain Béru en s'arrêtant devant sa pensée, comme un cheval ombrageux devant son ombre.

— Que ne piges-tu pas, homme de grand savoir?

— L'affaire Danhladesh... Suppose qu'il n'eût point été tué. A l'arrivée, quelqu'un nous aurait attendus, quoi, merde! L'allait pas nous faire arpincer les continents après c't' randonnée à la gomme dans le train!

Voyez-vous, mortels bien-aimés : ce qu'il y a de jouissif avec Alexandre-Benoît, c'est que, parmi ses turpitudes, se glissent des joyaux de logique. Ses remarques sont des détonateurs pour qui sait les utiliser.

Soudain (pour ne pas dire tout à coup, voire brusquement) je pige tout, et, pour commencer, mon provisoire sentiment de sécurité concernant la minute présente.

— Oui, mais oui, je saisis, murmuré-je.

— Alors j'en prends la moitié, si ce serait un effet de ta bonté?

— Il n'y a personne parce qu'on ne nous attend plus, articulé-je.

— Si c'est tout ce que t'avais à bonnir, remballe ta salive, mec, é peut te servir pour coller des timbres.

— Mais non, comprends, Gros! On ne nous attend plus parce qu'on Vous croit mort, le Vieux et toi. Le lanceur de couteaux, après vous avoir plantés, toi et Hivy Danhladesh, a pris la tangente. Il a aussitôt câblé : *mission remplie!*

— Mais, et toi?

— Oh, moi je ne compte pas. Ici, on attendait le Vieux et un Obèse, simplement. Ordre fut donné de les supprimer l'un et l'autre.

— Mais moi, j'sus indemnisé (1)!

— Ecoute, l'assassin n'a pas eu le temps de savoir que tu étais sauf. Il t'a planté de première. Le couteau se trouvait pile à l'emplacement de ton

_____

(1) Par indemnisé, ici, Bérurier entend « indemne ».

cœur. Ensuite il a lancé son deuxième kûrdanhkomak sur notre guide et il a mis les voiles.

— Mais j'ai continué de marcher !

— Tous les gens qui morflent une rapière dans la
hotte à vendange font encore quelques pas avant de
s'écrouler. Lui, il a seulement vérifié que t'étais
ferraillé, à point, le reste lui paraissait couler de
source, et puis il lui restait le vieux à perforer ! Son
double meurtre accompli, il a rejoint des complices
qui l'attendaient, et qui, mon petit doigt me le
gazouille, avaient dû rassembler ces vaches sur la
voie pour stopper le dur. Ils sont repartis ensuite soit
en voiture soit en hélicoptère, je ne sais pas... Et,
dès qu'ils ont pu, ils ont prévenu les gens d'ici. On
tient une piste en ciment armé, à triple circulation,
avec raies jaunes et toutim, Gros. Demain, il nous
suffira de savoir où demeurait Danhladesh et qui
devait venir vous attendre pour raccrocher. Car ceux
qui devaient venir et qui ne sont pas venus, sont
fatalement les complices de l'assassin. C.Q.F.D. !

Bérurier reste un bout sans causer.

Puis sa frimousse taurine a une crispation.

— J'ai trop affamé pour avoir pu tout comprendre, avoue-t-il, mais grosso modo, ça m'a l'air de
tenir. Dis, tu crois qu'y z'ont une sonnette de nuit,
au palais ?

Les belles-mères et les percepteurs exceptés, les
choses doivent être vues de près (1).

Ainsi, ce palais qui, vu d'en bas, nous semblait

---

(1) Mon côté chansonnier. Y a plus qu'eux qui osent encore
brocarder les belles-mères et les percepteurs. Je fais ça, comme
mortification, faut se flageller l'orgueil parfois : ça réchauffe.

rébarbapou (et à tif), lorsqu'on l'approche devient un enchantement! De pur style Deccan, avec un relent de Lodi et déjà un peu de Gurjrât (1) (mais alors juste la pointe) il se dresse sur un entablement rocheux du pied, mais paradisiaque du plateau. Véritable oasis de verdure, mes fils! Des pelouses que si vous aimiez les épinards vous vous jetteriez à quatre pattes (et non pas à Carpates, comme j'en entends qui me soufflent!) pour en manger. Des massifs de fleurs exotiques (puisqu'elles ne sont pas de chez nous), des bassins où l'eau murmure comme dans un roman de Delly; des oiseaux de Paris (ici, ceux de paradis sont trop communs), des statues en ceci-cela-et-autre (véritable) et bien des trucs encore, que je renonce à vous les dénombrer alors que j'ai tant de choses plus urgentes à vous bonnir!

— Mazette! exclame Bérurier, malgré qu'il n'ait jamais lu un guide Maupassant. Y s' met bien, le vicomte.

La construction, je vous l'ai conservée pour la bonne bouche, gentils membres et pauvres « c ». A part son style éminemment hindou, elle est toute en marbre rose praline. L'entourage des portes est en argent massif et les poignées en platine sculpté.

Une motocyclette et un éléphant rose équipé d'un palanquin, stationnés près du perron, m'inciteraient à penser qu'il y a réception au château.

Je cherche le moyen de m'annoncer, mais une sonnette est inutile car, à peine nous approchons-nous de l'entrée qu'une armée d'ombres bondit et nous cerne. Chacune d'elles brandit une arme blanche aux reflets livides. Elles sont athlétiques, ces ombres. Avec des visages plus sombres qu'elles, ce qui est une gageure. La plus grande possède le plus grand cimeterre (ou assimilé). Elle porte une barbe

(1) Page 162 du guide Fodor réservé à l'Inde.

noire. Des yeux d'une clarté redoutable sont dardés sur moi.

— Qui êtes-vous? demande cette super-ombre dans un anglais maussade.

— Deux pauvres voyageurs français égarés et qui cherchent un refuge pour la nuit, réponds-je.

On se croirait dans un roman feuilleton du siècle dernier, non?

— Et vous, sahib, m'enhardis-je, qui êtes-vous? Je parie que c'est Brahma, Vichnou, Siva, Ganesh, Rama, Krishna, Parvati Durga et Kali qui vous ont placé sur notre chemin!

Cette énumération des principaux dieux de la région est la bienvenue car elle semble quelque peu amadouer le cerbère (lui n'a pas trois têtes, mais la sienne se pose là!). Un type belliqueux, faut toujours lui tendre la main si on veut le désarmer.

— Mon nom est Pèherlashès, dit-il, après une hésitation et je suis le chef des gardes.

Comme la pointe de son arme me chatouille la glotte et que ça me file envie de rigoler, je détourne d'un geste souverain le cimeterre du Pèherlashès de mon espace vital.

— Pouvez-vous nous conduire à votre maître, sahib? dis-je d'un ton qui ne souffre pas de réplique mais de rhumatismes articulaires.

Il hésite.

— Mon maître est occupé. Le Maharajah de Tanhnahunecomça et la princesse Çavajéjoui sont en visite chez lui!

— Je pense que, malgré tout, votre vénéré maître aura quelque agrément à nous recevoir, effronté-je. Quel est son nom, au fait?

Pèherlashès doit sourciller car j'entends craquer ses arcades dans la pénombre.

— Comment, dit-il, vous venez le visiter et vous ignorez son nom?

— Nous sommes arrivés ici sans rien connaître de ce fabuleux pays, sahib.

Ses yeux phosphorescent quand on les fixe un moment. Ils verluisantent dans la nuit veloutée de l'Inde (1).

— Le nom de mon ineffable maître est Mâbitâhungoû, laisse-t-il tomber, comme s'il annonçait le blase d'Elisabeth Two.

— Alors, allez, sahib! Prévenez-le.

Je montre Bérurier, titubant de fringale et de fatigue.

— Voyez mon compagnon! Ce n'est pas n'importe qui. Lorsque les dieux vous ont accordé ce tour de taille, c'est que vous êtes un être d'exception.

Il opine.

V'là l'argument convaincant, les gars. Ah! ce que je suis psychologue! C'est rien de le dire. Par moments, ma psychologie est telle que j'arrive à me comprendre à demi-mot.

Le garde-chef remet son grand cimeterre à la ceinture et s'éloigne après avoir jeté un ordre aux ombres subalternes qui continuent de nous entourer pour mieux nous cerner, comme le disait si justement le regretté maréchal Joffre dans son P.C. et son appel aux troupes du 31 avril 1915. Quand on regarde en arrière, on mesure l'inanité des choses et la futilité des êtres. Faut pas longtemps de temps pour devenir un vieux con. Je ne dis pas ça pour le maréchal Joffre, qui était un homme de vocation pouvant se passer de la patine de l'histoire, mais pour tout ce qui est révolu. Les époques contestent celles qui les ont précédées et on change aussi

---

(1) Je devrais rédiger les textes, des cartes postales pour militaires amoureux. Dans mon genre, je suis un charmeur de serments.

facilement d'époque que de pièce quand on visite Versailles.

Oui, d'accord, j'arrête, craignez pas !

Et je reviens en même temps que Pèherlashès à nos moutons hindous.

— Mon maître consent à vous voir, dit-il.

On débarrasse un vieux carton à chaussures des non moins vieilles cartes postales qu'il contenait et on lui emboîte le pas. Un pas comme çui du garde-chef, vaut mieux l'emboîter pendant qu'on le tient ; et bien refermer le couvercle !

Parce que, croyez-moi, filles d'Eve et fils d'hyènes, mais le palais d'Emil et Hunenuit c'est de la gnognotte en branche comparé à celui du Maharajah Mâbitâhungoû.

Je défie quiconque, voire même son frère aîné, sans un plan de pouvoir se repérer en ces lieux.

Une enculade de pièces et de pièces, mes gueux, marbre et tapis, étoffes rarissimes, statues de l'époque Gupta représentant des grosses gonzesses avec d'énormes mains, d'énormes nichemards et des fouinozoffs béants, car on montre toujours ces personnes les jambes copieusement écartées. Y a aussi des bas-reliefs de l'école Mathurâ et quelques bibelots de vingt mètres de haut, chefs-d'œuvre de l'art Juliett-gréco-bouddhique.

Pour vous faire vivre ces splendeurs, me faudrait une caméra et de la péloche couleur. Juste à l'aide d'une machine à écrire, tu peux pas. Même qu'elle soit I.B.M. à boule (1) !

Je comprends pas qu'on n'ait pas encore inventé la machine à écrire-caméra alors qu'ils sont déjà à la caméra-stylo ! Ils sont en retard sur mon époque ! Tant pis, je reviendrai plus tard ! Ferai au moins une

_____

(1) C'en fait au moins dix que je leur achète, mais croyez pas qu'ils me feraient un rabais, les vaches !

apparition... Pas à Lourdes : j'ai horreur des grottes. Je réapparaîtrai dans un coin chauffé et vivant : à la Samaritaine, par exemple, ou au salon de l'équipement de burlingue. Vous me reconnaîtrez à mes stigmates : une pré-cirrhose, ou une surtrophie des burnes! Quéque chose de ce tonneau, quoi. Ce n' sera pas la peine de célébrer mon culte sur la commode de l'autel de passe-passe. Je viendrai pas faire de miracle : juste en visiteur. Vérifier les progrès de la technique. M'assurer que tout ce que j'aurai envisagé au cours de ma belle existence s'est bien accompli, tel que je prévoyais. Sans déranger personne, jamais. J' suis un discret naturel. J'ai le respect de ce que, dans les actes notariés, on appelle encore connement « la quiétude bourgeoise ».

Une féerie, disais-je.

Et je disais juste (comme toujours).

Plus nous nous déplaçons dans cette fastueuse demeure, plus notre émerveillement croît.

Il croasse, même.

Par nos bouches médusées.

Franchement, ça méritait le voyage. Ecoutez, si un jour, vous allez dans l'Inde avec LE club, faites un détour par Khunsanghimpur, juste à cause de son palais.

— Pas laid, le palais, hé? trouve-le-moyen-de-gouailler Béru.

« Tu peux feuilleter la collection de Maisons z'et Jardins, tu trouveras rien de pareillement semblable!

La grande salle d'apparat, enfin!

Elle est trop somptueuse, je vous la décris pas. Ça me rapporterait quoi, dans le fond? Une satisfaction d'auteur? D'accord. Oui, c'est vrai? J' sus encore sensible à ça. Ma confiance professionnelle, toujours. En ce cas, pas la peine de vous en faire part... Je vais aller me la décrire pour moi tout seul, avec ses immenses flambeaux enrichis de pierreries, ses pierreries enrichies de super-pierreries, ses ors, ses argents, ses lumières, ses pourpres, ses soies, ses soieries, ses statues, ses damasquineries, ses machins, ses tableaux hindous, ses huiles parfumées, ses pétaux de rose qui jonchent, ses peaux de panthères noires, ses bouddhas boudeurs, ses bronzes bronzés, ses incrustations de chtroupf, ses clapuzingues, ses bodygraphs géants, ses inhalateurs à acétylène, ses couillardeurs mort-nés, ses défenses d'alphabet morse, ses clous de girofle à tête de nœud, ses brocards de daim, ses zarines, ses notaphes, ses pulcres, ses moussons à ressort, ses zamouvretouâ, ses organdis, ses ponts d'Ychéry, ses typaplubocomçà, ses mouilleurs de cultes, ses bouilleurs de culs, ses cuiseurs de cru, ses colonnes astapésûr, ses poils d'oc, ses sulfamidés en pot, ses vases kulère, ses stucs en stock, ses urnes creuses, ses pénis jaïns protubérés, et le reste !

Ah oui que je coure me le décrire. Attendez-moi là ! Je vais vous raconter une histoire pas très drôle pour vous faire prendre patience. Le temps que vous la compreniez et en rigoliez, j'aurais terminé.

C'est l'histoire d'un ver luisant qui descend d'un mégot avec sa braguette en flammes et qui dit :

— Celle-là, vous parlez d'une rapide.

Bon, prenez mon temps, je vais prendre le vôtre.

. . . .
. . . .
. . . . courte absence de l'auteur . . . .
. . . .

Voilà !
Ouf !
Ce que c'est bon de se décrire la salle d'apparat du maharajah Mâbitâhungoû. Un vrai panard ! Je m'en suis servi quatre pleines pages sur grandes feuilles format 21 × 29,5 (c'est le format suisse, j'use que de

ça biscotte on change moins souvent le papelard. Le
format français c'est 21 × 27, tu perds 4 lignes à la
feuille. A la fin de l'année t'as drôlement économisé
sur le carbone. Moi, c'est mon bénéfice. Avant je
m'en tirais pas. J' sus venu en Helvétie juste pour
ça : économiser sur le papier carbone. Ça fait pour
mon fromage. Je vis chichement. Je suis un frugal)
oui : quatre pleines pages de description, non interli-
gnées, les gars ! Ah, ça soulage, parole ! Cré bon gu !
Une description pareille, tu te sens mieux après.
Détendu, reposé, disponible. Je me serais vidé la
vessie, je n'aurais pas plus de bien aise... Un bain
avec plein de sels moussants ! Le pied, je vous
répète. Flac ! Ça te part de l'épinière et ça gicle
jusqu'au mur d'en face ! Et tout y est, parole ! Un
vrai documentaire ! La statue d'éléphant, grandeur
nature, en or massif, sur sa console de marbre. Les
fauteuils en argent chromé, incrusté d'émeraudes
rouges comme des rubis. L'accumulance de coussins
brochés... Tout, quoi ! Et puis, je cause aussi des
personnages. Ils sont quatre. Je vais tout de même
vous les relater, vu qu'ensuite vous ne comprendriez
pas.

Y a deux hommes, deux dames.

A tout seigneur tout honneur, je commence par le
maître de maison.

Le maharajah Mâbitâhungoû ne correspond pas
du tout à ce qu'on peut attendre d'un pot en tas
hindou. C'est un petit jeune homme frêle et poitri-
naire d'aspect, avec la peau grise, les joues creuses,
le dos voûté, le regard grand comme des soucoupes
remplies de café noir, et des joues charnues, décolo-
rées, écœurantes. Son visiteur, le Maharajah
Tanhnahunecomça, au contraire, est un gros mec,
court et dégoulinant de sueur et de pierreries. Sa
moustache traverse toute sa face lombaire d'une
oreille à l'autre. Ses sourcils également, si bien que

ses yeux ressemblent à deux notes de musique entre deux lignes de la portée. Il a tellement de bagues aux mains (une dizaine par doigt environ) qu'il lui est impossible de : manger des écrevisses, bâiller, jouer du piano, faire un toucher rectal, disputer un tournoi de tennis, assurer la circulation au carrefour Richelieu-Drouot, attraper des morpions (1), rouler une cigarette, apprendre le métier de potier non plus que celui de masseur, traverser Central Park à partir de 10 heures du soir, user d'un urinoir, compter des lentilles, pratiquer la boxe, enfiler une bague de plus à l'un de ses doigts, dactylographier, fréquenter le bowling, déguster un artichaut, se shampouiner les tifs, marcher sur les mains, apposer ses empreintes digitales, rédiger sa feuille de déclaration d'impôt, tourner les pages du présent ouvrage. Bref, c'est de l'infirmité scintillante.

La princesse Çavajéjoui, elle aussi (ou elle non plus) ne correspond pas à l'idée qu'un commis charcutier de La Varenne-Saint-Hilaire peut se faire d'une princesse hindoue. Elle est jeune, belle, bien faite, vêtue d'une combinaison de motocycliste en cuir synthétique rehaussé de diamants. Ses longs cheveux noirs sont noués en queue de cheval. Elle fume une Gauloise (2).

Reste la quatrième personne.

Ah, celle-là... Si je m'écoutais, j'irais également élégamment me la décrire en aparté, seulement vous gueuleriez à l'arnaque ! Comme quoi je me complais dans les cachotteries, deviens intimiste, onaniste de style et tout.

Cette quatrième personne, je te vais vous la

---

(1) Les attraper avec les doigts, s'entend, car il est aisé de les attraper à la manière du castor.
(2) Moi, jamais !

résumer au moyen d'une métaphore hardie : elle est
haute comme trois pommes.

Amusant, non, la comparaison ? Vous imaginez
trois pommes l'une sur l'autre ? Trois grosses
pommes. Des reinettes du Mans, tiens, par exemple... Enfilées comme des reinettes sur une tige à
brochette. Franchement, je suis content d'avoir
trouvé ça. Peu banal ! Haute comme trois pommes !
Je vous demande un peu où je vais chercher ces
images. Haute comme trois pommes ! Vous devriez
vous en servir dans vos compofrancs, les gars. Ça
plaira à votre grincheux ! Vous allongèra un A ou un
B, l'abbé ! Ce que je trouve glandu ce nouveau
système d'appréciation, soit dit en passant !...
Alphabêta ! Si j'étais encore sous férule, serais voué
au pauvre C, mécolle, recta. Y aurait pas à afficher
« photo » avant de connaître le grand « c » de la
classe. Donc, la dame est haute comme trois belles
pommes. Aussi ronde, aussi luisante, aussi dodue.
Caste supérieure ! Nourrie surchoix ! Elle a des
calories plein sa giberne, son bustier et sa culotte !
Bajoues de luxe ! Barbe frisottée. Un diadème au
front, tarabiscoté, scintillant, d'une valeur inestima-
ble. Mieux vaut tiare que jamais ! Une robe tissée de
fils d'or. Mais qui la fagote. Elle louche au point
qu'on a dû se gourer d'yeux sur sa chaîne de
montage. Placer le gauche à droite et lissez-moi-ça !
Bec de lièvre ! Mignon *rabbit* ! D'ailleurs son nez est
toujours en mouvement. Et puis aussi : pas de
menton. Sa mâchoire inférieure ressemble à celle
des marionnettes de ventriloque. Vous voyez le
tableautin, mes chéries ? Banco, j'enchaîne !

On s'avance vers l'honorable société. Péherlashès
s'incline devant le jeune seigneur, la main sur la
poitrine, comme vous le voyez faire dans les vieux
ringards hollywoodiens qu'on vous refile à la téloche
les soirs d'élection. Il dit j' sais pas quoi nous

concernant dans je ne sais quelle langue qui ne nous concerne pas.

Le Maharajah Mâbitâhungoû opine (de lama) et nous regarde. Il a je ne sais quoi de romantique, cézigue. Un Werther hindou. Ce qui le particularise, comme on dit dans la publicité automobile, ce sont ses yeux immenses. L'iris semble occuper la totalité du globe oculaire, il est d'un brun très foncé. Mais pourquoi je vous raconte ça, moi! On n'est pas dans un bouquin cher! V'là que je vous interprète ce Santantonio comme un concerto à Pleyel!

La Maharajah nous demande, d'une voix douce-reuse :

— English?

— No, French, your Majesty!

Il a un petit mouvement très vif, comme s'il était surpris.

— Vraiment! dit-il dans un français qu'on peut d'ores et déjà estimer irréprochable (mais faut attendre la suite tout de même avant que d'être sûr).

— Si je comprends bien, Sa Mahrajé spique franchouille parfaitemently? gazouille Béru.

En toute modestie, je dois dire qu'il monopolise l'attention, Pépère. Son obésité fascine. Une dame qui le bouffe (à sa santé, y en a pour une noce) du regard, c'est la bigleuse-à-bec-de-lièvre-haute-comme-trois-pommes.

Ses yeux ont beau former les faisceaux, on y lit la convoitise la plus vorace.

— J'ai fait mes humanités à Nanterre, répond le Maharajah. Qui êtes-vous et que faites-vous à Khun-sanghimpur, messieurs?

— Tourisme, répond laconiquement le Gros. On nous avait annoncé un hôtel cinq étoiles, mais y a gourance.

— Si bien que seuls, et sans abri, nous avons eu

l'audace de venir demander asile en ce merveilleux palais, conclus-je.

— Asile et frichetis, ajoute Bérurier sur l'air des Allobroges.

— C'est une grande joie pour moi que d'accueillir des Français, assure le palaisain.

Nous nous nommons. Il nous serre la main. Présentation des autres personnages, la princesse Çavajéjoui, le Maharajah de Tanhnahunecomça, la mocheté vouée au nanisme.

— Ma sœur, la princesse Vadérhétroçatânas, conclut-il, brièvement.

Cette dernière émet un borborygme inquiétant. Je pige alors que si elle n'est pas à proprement parler « simple » d'esprit, elle n'est en tout cas pas « compliquée » du bulbe.

Elle brandit un index bagué en direction de Béru et crie, comme le firent les voyageurs du train :

— Ganesh ! Ganesh !

Puis, se mettant à genoux, elle touche les pieds du Gravos.

— Laissez donc, chère Maâme, la valtaille s'en chargera, proteste l'Aimable. Ou même moi, j'ai l'habitude en voyage : un petit coup de chiftir avec le couvre-lit ou les rideaux de ma chambre et je leur redonne l'éclat du neuf.

Elle répète, enamourée :

— Ganesh ! Ganesh !

— Ma sœur vous prend pour le dieu Ganesh, dit Mâbitâhungoû.

Et il se met à enguirlander sa frangine dans la langue de leurs ancêtres paternaux, Vadérhétroçatânas fait des signes de protestation, mais se rassied sans pour autant lâcher le Dodu des yeux.

— Madame a le caramel qui coule un brin, n'est-ce pas ? demande Alexandre-Benoît. C'est d' naissance ou si on lui aurait coincé la cervelle dans la portière du carrosse ? Dommage, certes elle a un pot d'échappement à traîne et des lotos pareils à un cla-clac au repos, mais nez en moins elle reste comesti-ble vu ses rondeurs et sa bouche équipée d'une rampe de lancement. Elle est marida ? Non ? Peut-être même pas déberlinguée si ça se trouve ? La belle affure, quoi ! Veillez à ce qu'un petit arnaqueur lui saute pas à pieds joints dans l'intimité pour son artiche. Vous pensez : un coureur de dot qui se pointe et découvre le palais avec ses indépendances, les estatues, les tableaux de peinture, les tapis Bouchara et toutim, comment il s'affûte la rapière, le bougre, pour donner l'assaut à mamzelle vot' frelotte. Et c' petit bout de zan, là, malgré tous ses éléphants blancs, il est sans défense ! C'est crédule, ça, mignon ! Te vous enverrait ses cinquante pions à la mère Soleil pour se voir répondre que le Sagittaire lui traverse le Verseau dans son théorème astragal. Lui laissez pas trop d'argent de poche, à cette mignonne, qu'autrement sinon elle se le laisserait goinfrer dans la main.

Le Maharajah paraît s'amuser de la faconde du Gros. Son confrère ès-raja, pour sa part, fait la tête. Je devine qu'on l'importune grandement. S'il était le maître des lieux, lui il nous enverrait chez Chiche ! Par contre, en ce qui concerne la belle princesse motocycliste, elle me témoigne un intérêt au moins égal à celui que la crétine porte au Gros.

Et c'est réciproque, croyez-moi !

Elle ne parle qu'anglais, mais ça me suffit.

J'apprends qu'elle est princesse dans la région. Son palais se trouve à l'autre bout du Bandzob. Elle vit seule et gère ses biens de façon moderne, car elle a fait ses études aux Etats-Unis d'Amérique. Elle est passionnée de moto et ne se déplace que sur un bolide grondant...

Moto... Bolide... Ma pensée pique sur la France.

Je me mets à songer au fils Merdre. Je revois sa Honda convulsée sur le bord de la route menant aux laboratoires familiaux. Tiens, voilà le premier point commun entre l'affaire de Paris et l'affaire de l'Inde. Mais s'agit-il d'un point commun? On cause... L'atmosphère tourne aimable. Béru fait marrer le gars Mabitâhungoû en baratinant son petit monstre de frangine. Une forte collation nous est servie. Pas idiote : caviar, dinde au shutney, apple pie, le tout arrosé d'un délicat champagne.

Sa Majesté Béru Ier gloutonne que c'en est un plaisir.

— J' vois pas ce qu'on nous casse les claouis avec la misère des petits Hindous, dit-il, la bouche pleine. L'essostandard de vie s'améliore dans le patelin, quoi, merde! On est bien obligé de constater.

Il en reprend!

Bougez pas, je cherche un superlatif judicieux pour qualifier nos chambres.

Dantesque?

Trop banal. Ça devient coton de renchérir, de nos jours où on trouve un cassoulet toulousain « fabuleux », une robe « divine », une cravate « démente », un meuble « mourant », un blablateur quelconque « inouï », un vin « pas croyable », le dargeot d'une fille « à-se-tap », une soirée « monstre » et un parapluie de dame « délirant ».

Alors, bon, nos chambres? Quoi? Sublimes? Faramineuses? Présidentielles? Esotériques? Cosmiques? Impensables? Impériales? Babyloniennes? Foutrales? Etourdissantes? Bandantes? Que puis-je vous dénicher encore? Tout cela me paraît bien faiblard...

Disons bonnement qu'elles sont très grandes et

très luxueuses. J'espère que vous comprendrez tout de même.

Par curiosité, j'arpente la mienne dans les deux sens (largeur-longueur, hauteur je peux pas, ayant oublié mes godasses à ventouses à la maison).

Je compte trente pas pour la longueur et vingt pour la largeur. Mes enjambées mesurant très exactement 1 mètre, cela nous donne, en francs nouveaux, 600 mètres carrés. Pour une chambre à coucher de célibataire, c'est pas vilain, reconnaissez ?

Le lit bas est en rapport. Pour changer les draps, faut de la main-d'œuvre qualifiée : des employés de cirque, ceux qui dressent et démontent le chapiteau.

Mords ta figue, pardon : mort de fatigue (vous voyez et je ne mens pas), je me déharde en un tournemain et me jette dans mon royal plumard comme dans une piscine d'eau tiède.

Je m'endors avant d'avoir touché le matelas.

Pas pour longtemps, mes bougres !
Pas pour longtemps !

PATRIE CH QUATRE

A peine viens-je de sombrer dans les limbes du sommeil, comme on dit dans les beaux livres très chers et qui se vendent mal, que ma porte s'ouvre.

La vasteté de la chambre forme caisse de résonance et le plus léger heurt prend illico des proportions démesurées.

Nonobstant mon épuisement, mon être demeure réduit aux aguets, cela vous le doutez bien. Toujours sur le qui-vive, San-A., lorsqu'il est en enquête.

D'autant que je m'en méfie de Khunsanghimpur. J'ignore ce qui s'y mijote et je m'y sens aussi à l'aise que ce type qui prétendait traverser un étang à gué en marchant sur des feuilles de nénuphars.

Donc, une longue vibration me tire du bienfaisant engourdissement que parlait Paul Romains à la page 43, deuxième alinéa, de son soixante-huitième ouvrage sur « *Les hommes de bonnes violentées* ».

Illico, pour ne pas dire dare-dare, me v'là sur mon océan (ce lit est tellement large).

— Qu'est-ce que c'est ? demandé-je en anglais et à voix basse, ce qui n'est pas incompatible, l'anglais pouvant se chuchoter, contrairement à l'allemand qui, lui, mobilise les décibels.

— Chut ! m'intime une voix dans une langue facultative.

A l'obscure clarté qui tombe des étoiles, que

causait le bon Cid de Normandie (çui dont *le saint nœud qui joindra don Rodrigue à Chimène*) je distingue une forme massive qui me déambule contre.

Elle approche. Je bats mon briquet. Sa flamme incertaine me permet de reconnaître la tête de veau sous sa divine aigrette (1) du Maharajah rageur Tanhahunecomça.

« Allons, bon, me dis-je, je parie que cette grosse gonfle est de la jaquette fendue et qu'elle vient me faire des proposes nocturnes. »

Rien de plus tartant.

Primo on te prend pour une jeune fille, et c'est humiliant.

Deuxio t'es obligé de te comporter en femme à barbe, et c'est déplaisant.

Note qu'il te reste la faculté d'accepter, auquel cas ensuite tu n'as plus celle de t'asseoir. D'un sens comme de l'autre, t'es tracassé, quoi !

— Vous permettez ? murmure Tanhahunecomça en s'asseyant sur le bord de mon plumzing.

Je note qu'il se tient à ma gauche, ce qui va me permettre de lui placer ma droite très zézément.

— De quoi s'agit-il ? demandé-je d'un ton plus fermé qu'un porte-monnaie écossais.

L'Hindou se tend.

Il a un silence. Ma dextre se met déjà en boule. Je fais le poing fixe, les gars. Demain, lorsque les larbins passeront l'aspirateur, ça fera clinc clinc clinc dans le tuyau, et ce seront les molaires à Tanhahunecomça qui produiront ce bruit.

— Je sais qui vous êtes, murmure enfin le Maharajah.

Boum !

---

(1) Et dire qu'y a des gens que je ne fais pas marrer ! C'est pas normal, hein ? Ils devraient se faire pratiquer un chèque-hop !

Inattendu, s' pas ?

Mais je ne suis pas un pot cassé, moi : je ne perds pas contenance.

— Je ne comprends pas ce que Votre Majesté entend par là ? du tac-au-taqué-je.

— J'entends que je n'ignore pas ce que vous êtes venus faire à Khunsanghimpur, monsieur, votre ami et vous. Du tourisme, ici ? Dans la vallée de la faim ? Laissez-moi hausser les épaules.

— Haussez, Majesté, haussez ! Mais, de grâce expliquez-vous, car vos paroles sont pour moi autant de mystères.

Belle envolée, hein ? J'eusse fait un parfait homme de cour.

— Vous êtes venu vendre un certain produit à une certaine secte, déclare calmement le Maharajah.

Sa voix est acide, tranchante.

— Une secte d'intouchables de la pire espèce, reprend-il, qui a dû piller les trésors artistiques de notre pays pour pouvoir vous payer ! Mais vous ne traiterez pas avec ces parias !

C'est glacial comme un coup de sabre sur la coloquinte. J'en ai froid dans le dos.

— Moi, je suis acheteur, monsieur ! Dites-le à votre compagnon. Je préfère discuter avec vous car vous semblez plus intelligent que lui !

— Merci, seulement je continue de ne pas comprendre !

Il me saisit le bras. J'avais tort de le penser pédoque. Une poigne de bronze, il a, le Maharajah. Ma circulation est stoppée comme un accroc à votre costume des dimanches.

— Finissons-en, ces protestations ne sont pas de mise. Jouons cartes sur table, monsieur. Je veux, vous m'entendez bien : JE VEUX ce produit. Ma fortune est infinie. Je le paierai le prix que vous

voudrez. Bien plus cher que ce que vous en propo-
saient ces chiens d'intouchables.

— Mais...

— Dites une somme !

— Mais...

— N'importe laquelle ! J'achète ! J'achète !

— Bon Dieu, Majesté, expliquez-moi au moins ce
qu'est ce produit !

Il me lâche.

— Ainsi vous refusez ?

— Sur les mânes de mes aïeux, théâtré-je, je ne
sais rien du produit dont vous parlez !

Il se lève. Mon briquet étant éteint depuis longtemps, je ne puis voir son expression, mais je la
devine au son de sa voix. Croyez-moi, un corbeau en
claquerait des dents, et un renard de Lübeck du bec !

— Vous avez tort, monsieur ! Il n'est pas bon de
s'opposer à ma volonté lorsqu'on se trouve au cœur
du Bandzob ! Réfléchissez à ma proposition. Parlez-
en à votre ami. Et donnez-moi demain votre réponse
définitive.

Là-dessus, le Maharajah Tanhnahunecomça exit.

J'ai beau avoir très beaucoup sommeil, me faut un
certain bout de moment pour me rendormir.

Cette affaire du produit fantôme commence à me
cavaler sur la prostate.

Et sérieusement.

C'est bien la caquerie en tube, non ! Je suis le seul
à ignorer ce dont il s'agit, comme n'importe quel
cocu de parmi vous !

Hivy Danhladesh savait.

Le gros Tanhahunecomça sait !

Mais le gars San-A., lui, il inscrit pomme-vapeur
et nibe d'oseille à son menu !

Je décide que demain il fera jour, et je me
rendors.

Pas pour longtemps, mes bougresses.
Pas pour longtemps !

*
**

Un nouveau bruit, presque pareil au premier. La
porte ouverte et refermée !

Un glissement, léger...

Décidément, cette chambre est plus fréquentée
que la salle des pas perdus de Saint-Laguche.

Réveillé, je cramponne une nouvelle fois mon
Cartier. La répétition engendre l'habitude. Bientôt,
au rythme de ces visites, je vais ressembler à la
statue de la Liberté !

Cette fois, il s'agit d'une dame.

La princesse motocycliste.

Elle a troqué sa combinaison d'amazone de la
vitesse contre une espèce de chemise de nuit vapo-
reuse.

Qui la nimbe !

Je voudrais avoir à ma disposition un projecteur
de D.C.A. afin de la mieux admirer. Je rapproche
mon briquet de sa plaisante personne.

— Vous allez mettre le feu à mes voiles, objecte-
t-elle doucement.

Est-elle venue me proposer une transaction, elle
aussi ?

— Vous ne m'en voulez pas de vous importuner
en pleine nuit ?

— M'importuner, belle princesse, alors que je
crois faire le plus fabuleux des rêves ! me récrié-je
comme dans un ouvrage de Mme Camille Marbo.
Pardonnez-moi de ne pas me lever pour vous
accueillir, mais j'ai l'habitude de coucher nu !

— Comme je vous comprends ! soupire la princesse Çavajéjoui en ôtant sa chemise de nuit.

Je commence à comprendre que l'affaire qu'elle a à me proposer n'a rien de commercial.

Banco : je suis prêt à traiter !

Faut que je vous fasse un n'aveu : c'est ma première princesse.

Je me suis déjà étalonné des duchesses, des comtesses, une marquise, quelques baronnes entre deux portes, mais une véritable princesse, jamais.

Parole d'homme, ça me fait un certain petit quéque chose malgré mon tempérament foncièrement démocratique.

Aussi je décide d'être à la hauteur.

Çavajéjoui a beau pratiquer le dur sport qu'est la motocyclette, elle n'en est pas moins princesse hindoue, aussi ressens-je quelque inquiétude sur l'art de lui donner son taf de reluisance. En amour, y a des cloisonnements. Tu calces pas une soubrette de la même façon qu'une dame patronnesse, ni une religieuse comme la femme du notaire. C'est le sens de ces nuances qui fait qu'un julot bien braquemardé et pas feignasse au sommier peut se prévaloir d'un diplôme de Casanova-tous-terrains.

Tu trouves de bons calceurs, en France, certes, mais dont les prouesses se cantonnent à la bouillave hexagonale. Le tendeur d'exportation est plutôt rare. Un gus moyen, quand il torchonne en des lits étrangers, il reste folklorique. C'est du produit *made in France,* au même titre que le Saint-Emilion ou le nougat de Montélimar. Un trousseur français, de classe internationale, faut le trouver. Le mâle de chez nous, il est à marottes, comprenez-vous ? Il a ses petites combines, ses trucs, pis : ses habitudes !

Ce qui lui manque, en fait, comme à tant d'hommes, c'est l'envergure ! Car, parlons net : l'acte n'est qu'un épisode de l'acte. Le gars valable au coït est, neuf fois et demie sur dix, lavedoche infâme dans les pré et les postfaces. Pressé de commencer et de finir. Puis, d'en finir ! Terrible ! La dadame déteste. C't' un casse-ambiance, ce guignol-là. Un saboteur d'extase. Il « désorganise ». Tandis que le calceur de first classe, lui, se consacre aux préambules avec autant de feu qu'au décisif. Il fignole ses conclusions, ses attendus. N'en finit pas de finir. N'oubliez pas que les grands cavaleurs, une fois la chevauchée terminée, bouchonnent leur bourrin. Le bichonnent d'une poignée de paille. C'est cela qui manque à l'infinité des mâles : la poignée de paille terminale. Eux, pourceaux atroces, remballent Coquette, allument une cigarette, regardent l'heure et s'inventent un rendez-vous express. Imaginez un violonard virtuose qui toucherait la corde qu'il vient de caresser pour en stopper net les vibrations ! Impensable, hein ? Ben, le Nénesse, voilà sa méthode. Il fait « Cliiiing, beug », au lieu de faire « cliiiiiiin iiiin nnnnn gggggggg » avec ce délicat instrument qu'est la femme (1).

Cette tartine pour vous donner la mesure de ma volonté d'être à l'hauteur.

« Te presse pas, Tonio, m'exhorté-je. Du calme, de la maîtrise. Respire lentement. T'emballe pas du pulsatif. Fais comme si tu lisais *le Monde*. B... à tête reposée, Mec. Commence piano... Tiens, pratique-lui le taille-crayon Gibbs, comme mise en train. Elle est sûrement réactive des loloches, mam'selle la princesse. Effectivement, elle apprécie. Ça lui ronronne dans tout le bustier. Je la ponctue de l'acupuncteur farouche. Je lui siffle une touche sud avec deux doigts. L'ultra-son malgache, ça s'appelle dans la Rousse médicale. Ensuite je lui fais la patte de homard agressive : le pouce dans la chapelle ardente, le médius dans la crypte et tu fais la pince à

---

(1) Bath, hein ? Je devrais me relire, ça me rassurerait.

billet de Rothschild (un descriptif avec planches en couleur est sous-presse, retenez-le d'ors et d'orgeat chez votre pharmacien inhabituel). Pour continuer les festivités : la tondeuse à gazon, mes fils. Ces Hindoues, c'est duveteux pire que les autres brunettes du globe. Alors là, une vraie apothéose sensorielle pour miss Princesse. Elle a tout le derme en fête, cette beauté ! Même quand elle chevauche sa péteuse, elle éprouve rien de comparable. Aussi est-ce à une souris pantelante que j'interprète « A toi, Jumbo ! ou les *tromperies* d'un éléphant rose » ! Heureusement que je l'ai préliminée car elle n'est pas d'un naturel spontanément accueillant, en ce qui con cerne. Me fait penser à un bouquin d'André Gide. La satisfaction de votre serviteur n'en néné que plus intense.

Je libine pas trop, au moins, non ? Faudra que, pour une fois, je relise mes épreuves (c'en est toujours une rude pour moi). Je veux bien cerner la vérité au plus près, mais surtout pas dépasser la dose prescrite. Tout ça, à cause de mon éditeur, vous le savez. Ça ne tiendrait qu'à moi, j'irais à fond dans le descriptif. Je porterais le lecteur au rouge, au violacé. On livrerait mes polars avec une serpillière en prime. Enfin quoi, c'est ainsi, résignons-nous. L'homme, dès le berceau, est happé par le système des brimades. Il va de désirs en soumissions, jugulant ses assouvissements. Il s'éduque la convoitise, de manière à faire entrer ses envies dans le cadre des tolérances. Maintenant il est à peu près dressé. La tentation n'est plus qu'une conjoncture.

Bref, je poursuis allègrement la princesse Çavajéjoui de mes assiduités et m'évertue à assurer le prestige de la France. A ce propos, on n' devrait jamais voyager sans avoir un drapeau dans son baise-en-ville.

Voyez les Amerloques, par exemple. L'idée vous serait venue, à vous autres, partant pour la Lune, d'emmener un drapeau alors que la croisière revient à je ne sais combien de centaines de millions le gramme de bagage ? Non, hein ? Ben eux, z'y ont pensé. En ce moment, y a des Martiens ou des Vénutiens qui regardent la bannière étoilée en se grattant le crplstzyth (1) et qui se demandent à quoi que ça sert. Et que voudriez-vous leur répondre ? Eux, ils sont Martiens tout autour de Mars. Ils pourraient pas comprendre. Même, ayant compris, ils ne voudraient pas croire à l'esclavage de la connerie terrestre. C'est coton de faire admettre *aux autres* que les locataires de la planète Terre ne sont pas Terriens, mais Américains, Chinois, Ivoiriens, Hollandais et conconsort ! Vous savez que j'en frissonne d'y songer ! Que ça me fait préalablement tarter la perspective d'être *enterré* un jour ! Mon ultime soupir poussé, je voudrais qu'ils me filent dans une capsule Apollo 1 000 ou Apolochon et me tirent dans le cosmos. Que j'aille valdinguer dans l'Infini pour l'éternité (ensuite on aura toujours le temps de voir). Cette délivrance, madoué ! Au revoir et merci ! Bonsoir, m'sieurs dames, amusez-vous bien !

— Je m'en doutais, soupire la jeune princesse quand, enfin, elle a la possibilité d'articuler.

— De quoi vous doutiez-vous, Majesté ?

— Je savais que ça serait aussi merveilleux. J'ai lu cela dans vos yeux.

— Votre Majesté me comble.

— Non, je vous rends l'hommage qui vous est dû.

(1) Ça veut dire « front » en cosmique moderne, mais ça ne s'écrit pas de cette façon vu que l'alphabet intersidéral diffère sensiblement du nôtre.

Et puis ne me dites pas Majesté, je vous prie... A
Washington les copines m'appelaient *Çava*.

— Ça va, Çava, et ça va ça vient ! plaisanté-je en
lui refilant un petit rabe de tendresse que j'avais
oublié dans le tiroir de ma commode (celle sur
laquelle je célèbre son culte).

— Je ne pouvais pas dormir, murmure-t-elle en
matière d'excuse.

— Je serais très honoré si vous le pouviez à
présent.

— J'ai failli venir plus tôt...

— Il fallait.

— J'ai vu entrer Tanhahunecomça dans votre
chambre.

— C'est vrai, le Maharajah a bien voulu m'honorer de sa visite.

— Que voulait-il ?

— A vrai dire je l'ignore. Je crois qu'il se
méprend sur notre compte. Il pense que nous
sommes venus à Khunsanghimpur pour traiter je ne
sais quelle affaire avec une secte d'intouchables.

— Et ce n'est pas le cas ?

Un pincement au guignol ! Je remets mes illuses
dans le havresac de mon slip. Croyez-moi ou allez
croire votre député, mais cette coquine n'est pas
seulement venue ici *for the* rada. Son intention est de
me faire parler. De me réduire à merci, peut-être ?

Je me rends compte d'un truc important, c'est
qu'en radinant au palais, nous sommes venus nous
jeter dans la gueule des loups. Il y avait réunion au
sommet des princes du Bandzob, les petits ! Certifié !
Et je suis prêt à vous parier un clystère d'occasion
contre un clitoris neuf que la venue du pseudo
Monbraque dans la région est l'objet de cette
réunion.

Et puis je vais vous bonnir encore quelque chose,
pendant que jiu-jitsu. Mon lutin privatif m'assure

que ce sont eux qui ont chargé les tueurs du train de carboniser Monbraque et le père Danhladesh. Mais qu'a-t-il donc à vendre, ce Monbraque, qui mette une partie de l'Inde en transes ? Hein ? Le produit ! Le produit ! Ils n'ont que ce mot-là aux lèvres...

— Bien sûr que non, ma Çava, réponds-je (à retardement). Le Maharajah Tanhahunecomça me propose une fortune insondable contre un produit dont j'ignore tout. Peu banal, non ? Vous savez, vous, de quelle denrée il est question ?

— Sûrement pas. Tanhahunecomça est un gros porc qui ne me tient pas au courant de ses affaires, heureusement.

Petite menteuse, songé-je.

Elle se retire dans ses appartements sans insister.

L'ai-je convaincue ?

Nous verrons.

J'exhale un gros, un grand, un immense soupir. Cette fois j'ai *absolument* besoin de roupiller. La séance à laquelle je viens de participer n'a pas colmaté mes brèches, vous vous en doutez ? Pour la troisième fois, je me rendors.

Pas pour longtemps, mes bougres.

— Pas pour longtemps !

Me fait songer, — sais-je trop pourquoi ? — à ces boîtes de nuit avec spectacle où, en écoutant égosiller une pimbêche sans passé ni avenir tu manges un avocat blet, une côte de bœuf plus raide que celle de Dourdan et une omelette norvégienne où la Norvège a fondu, le tout arrosé de champagne aussi tiède qu'inconnu au bataillon des grandes marques.

Comme le troisième visiteur tient un flambeau à cinq branches, il a la vitrine bellement illuminée. Je vous préviens immédiatement qu'il s'agit d'Alexandre-Benoît Bérurier.

Dans un appareil très extrêmement sommaire, puisqu'aussi bien il se compose d'une simple veste de pyjama, beaucoup trop étroite pour la carrure du Gravos, compte tenu de ses suppléments de graisse caoutchouteux (si solidement arrimés qu'il n'a pas pu s'en dépêtrer).

Malgré son chandelier, le Mastar accomplit une trajectoire incertaine qui l'amène à renverser plusieurs tables nanties de Tanagras. Fracas... Je vous le dis : un mauvais numéro de loufoquerie pour cabaret en déficit.

Il louvoie jusqu'à ma couche surmenée, s'arrête à mon pied de lit comme devant un catafalque, se penche un peu, lâche un pet aux échos vigoureux et demande :

— Tu roupilles, Mec ?

— Qui donc le pourrait, hormis un sourd classé monument historique, avec la bacchanale que tu interprètes !

Ma protestation ne le rebuffe pas. Il change son flambeau de paluche, manière de se libérer la dextre, et se met à se gratter les miches à grandes onglées fourrageuses.

— M'en arrive une, dit-il. M'en arrive une...

Là-dessus, il trouve une rime fort riche à son incongruité précédente.

— Moi aussi, m'en est arrivée une, mais elle est repartie ! murmuré-je.

Comme la plupart des gens, il est trop soucieux de ses proches aventures pour s'occuper de celles des autres.

— Figure-toi que je dormais comme la Loire, la Saône-et-Loire, l'Eure-et-Loir, la Haute-Loire, le Loir-et-Cher, l'Indre-et-Loire, le Maine-et-Loire, la Loire-Atlantique et le Loiret quand j'ai z'eu une visite noctambule, imagine. Et je te donne en mille morceaux qui c'était ?

— Le Maharajah Tanhahunecomça, chantonné-je, sûr de mon effet. Ce vilain suiffeux est venu te proposer une fortune en échange du fameux produit que Monbraque devait livrer à Danhladesh.

Ses loupiotes fumeuses tremblent dans sa grosse plantipoigne.

— Caisse sec sept histoires ? sourcille mon cher et éminent druide, l'homme qui cueille le cervelas truffé avec une faucille d'or et un escabeau.

La curiosité me point.

— Et quoi, m'écrié-je, ce ne serait pas cela ta visite ?

— Conne hennie, répond ce bon à grammairien (désireux d'employer la forme atone de non « que nenni » en situation). Tu te fourres le doigt dans le zœil, mon zami. C'est l'aut' maharajah qui s'est pointé. Et si tu devines les raisons de sa visite, je t'échange un château aux Baléares contre un deux pièces place Balard.

— Il voulait le produit, revienjamémoutonné-je.

Bérurier pose son chandelier sur le tapis, éteint l'une des bougies d'un nouveau vent plus mistralien que les précédents, et grogne :

— Tu me les tartines à la margarine avec ton produit. Y s' fout bien de ça. Mâbitâhungoû ! Il est devenu me demander...

Son rire explose. Vaste, monastique...

— Il est venu me demander... hi hi hi...

Il s'étouffe. Crache. Vente !

— ... ..., fais-je.

— Devine ! s'étouffe Bérurier, qui ne veut pas que je languauchate trop vite.

— Parle, sphinx, je suis trop las pour assurer une nouvelle dépense d'énergie.

— Il est venu me demander ma main, lâche

Bidendum, en même temps qu'une autre salve d'enthousiasme.

— Il est pédoque ?

— J' sais pas. Mais il ne la veut pas pour lui. C'est pour sa frangine, la petite moustachue. Elle a le coup de buis pour moi. Une secousse vertigineuse, Mec. La grande locomotion, quoi ! Brèfle, elle me veut. Assure que j' sus le fils du dieu Babar...

— Ganesh ?

— Oui. Un fakir y aurait prédictionné jadis qu'elle épouserait un messager de cette Ganache en question, qu'elle le reconnaîtrait à son bon point et au fait qu'île sage irait d'un étranger qui n' serait pas d'ici. Conclusion : bibi *is the* bioutifoule ténébreux espéré, elle en démord pas. Donc, la noce en quatrième vitesse, tout comme si Mamz'elle serait en cloque de dix mois et demi.

— Tu ne lui as pas objecté que tu étais marié ?

— Nature-liche, mais il m'a rétroqué que ça n'avait aucune importance, vu qu'ici, seules les épousailles induses sont valables. De ce fait j'ai dit banco.

Un temps que mon effarement met à profit pour s'échapper de moi en onomatopées agonisantes.

Et le Terrific d'ajouter :

— On se marie demain !

— Hein ?

— Matin !

— Mais t'es dingue à outrance, déplafonné entière-rement. T'as la cervelle à ciel ouvert ! Tu patines du bulbe, Gros ! Tes cellules ressemblent à du tapioca bouilli. Tu...

Il me cligne de l'œil.

— Je vois pas pourquoi j'aurais pas une p'tite femme de dépannage pour mes séjours en Inde, mon pote ! Une espèce de résidence secondaire dans le matrimonial, quoi ! Où qu'est le tort à quiconque, là-

dedans ? D'autant que je serais prince par alliance.
Consort peut-être sans doute, façon Philippe
Dédain-Bourre, mais même si je dois marcher en
arrière avec les paluches dans le dos, reconnais que
c'est pas dégueulasse. Des beaux-frères Maharajah,
qu'ont des palais de marbre rose, t'en trouves pas
tous les matins en éclusant ton premier calva-
dégustation au tabac du coin ! Tu voudrais que je
ratasse ça ? Ah, évidemment, c'eût porté un préjudi-
ciable à ma Berthe, j'eusse eu été obligé de divorcer
dans le pré à l'able, m'eusse falloir la mettre au
courant, parole d'homme, ce n'aurait pas été question de la chose. Mais là, hein ? Là... Comment tu
voudras qu'elle suce ? On n'est pas encore abonné à
Inde-Soir, chez nous. Et c'est pas chez son dentiste
qu'elle risque de dégauchir *Bombay-Match* ou le
Courrier du Bandzob ! Je joue sur le velours. Et puis
soye dit entre toi et nous, y a un autre rase-pet du
problème dont je ne voudrais pas qu'il t'échap-
passe...

— Qui est ?

— La dot !

— Pardon ?

— Mâbitâhungoû m'a narré et nomenclaté les
biens de ma future. Escuse du peu : un palais de
campagne, un coffre plein de diams que le plus
mignard est aussi copieux que ma burne droite (la
conséquence du lot). Plus une douzaine d'éléphants
en si parfait état qu'une demi-douzaine est seulement pas finie de roder, tellement ils ont peu servi.
Selon mon beauf, t'as rien à y faire dessus avant une
cinquantaine d'années ! T'imagines, le gars Alexan-
droche-Bénuche en baldaquin dans la forêt, pendant
ses vacances, à tirer sa flemme dans de la soie
pendant qu'un petit bougre drive le Jumbo grand
sport ? Oh, dis, espère... A côté de cette bande de
moudus qui bêchent au volant de leurs chiottes dans

la tohu-bohue des dimanches soirs ! Le prince Béru,
lui, y circule en éléphant surchoix, à injection
directe, tu mates le tableau, Mec ? Et les rahgoûtes,
au palais de chez mézigue ! Avec ma gentille moustachue dont je lui aurai appris à mijoter l'andouillette
au vin blanc ! Ecoute bien ce que je te vas annoncer,
San-A. : la vie est courte et faut en tirer une quinte
d'essence chaque fois que l'occase se présente. Alors
la clause est tant tendue : demain, y a noce au
village. Et, surtout pas d'inquiétude : le jeune époux
fera honneur à ses devoirs de vacances. Elle est
p't'être pas sublime, la môme Vadé, mais je lui en
donnerai pour son coup de foudre.

    Là-dessus, il se retire dans ses appartements !
    Avec une dignité déjà princière !

PHARE TIC CINQ

Je me suis examiné dans une glace afin de me renseigner : pas jojo, le gars, ce matin. J'ai tellement de valoches sous les yeux, du fait de cette nuit singulière, que ma bouille ressemble à la vitrine d'*Innovation*.

Une certaine mélancolie organique me désabuse jusqu'aux moelles les plus épinières.

Je passe d'un pas caoutchouteux dans l'appartement du Gros : il est vide.

L'annonce de son bigamage me revient alors en mémoire. Canular hindou ? Ruse de gens qui, plus que du bien, nous veulent une fumelardise de produit dont j'aimerais bien connaître le nom ? Ou, tout bonnement, caprice d'un des derniers potentats de la planète ? Mystère (dirait M. Dassault).

Un certain brouhaha emplit le palais.

Joyeux.

Mon oreille aussi avertie que le type qu'en vaut deux me révèle qu'il y a de la liesse dans l'air.

Je m'approche d'une fenêtre donnant sur la cour du palais, et j'y découvre un spectacle d'un folklore sûr joint à une extrême rareté. Une nuée de serviteurs, imaginez-le-vous, sont en train de « préparer » six beaux éléphants adultes. Les plus gros qu'il m'ait été prêté de voir jusqu'à tout de suite.

Ces bêbêtes, madoué ! Des monstres ! Descendants directs des bons vieux mammouths de nos anciennes campagnes ! On leur peint des arabesques sur le derme (et même sur le pachyderme). On les affuble de tentures en soie pur cocon. Leur arrime des palanquins d'argent sur le dos. Leur attache des grelots aux panards. Un pataucure chinois leur fait les ongles (il parle l'ongulé couramment), tandis qu'un laid-triste lettriste écrit en caractères d'imprimerie sur chaque patte des animaux (lesquelles pattes ont des dimensions de colonne Morris) : *Défense d'afficher, emplacement réservé.*

« Seigneur ! me dis-je, toute modestie mise à part, cette histoire de mariage est donc vraie ! »

Et de me précipiter dans les salons.

La belle Çavajéjoui est là, en compagnie de ses amis maharajah. Tous trois portent des tenues de rêve (voir descriptif sur le catalogue de la Redoute). Leurs robes et pyjamas sont tuniques au monde. La belle princesse me brandit une expression enamourée qui me courjute le kangourou, mais j'efforce de réagir : les plus belles lèvres cachent des dents !

Elle s'approche en trémoussant du valseur.

— Vous connaissez la nouvelle ? me demande-t-elle.

— Si c'est au mariage de mon ami que vous faites allusion, il m'a prévenu, en effet. A propos, où est-il ?

— On l'habille, répond Mâbitâhungoû.

— Bigre, souris-je, les choses ne traînent pas, chez vous, mon seigneur !

— La vie est brève, rétorque l'aimable jeune homme en tripotant son collier d'ambre, et ma sœur est pressée. La virginité, chez une femme, atteint à un certain moment un point critique. M. Monbraque a joué le rôle d'un détonateur. Elle est folle de lui.

— Vous n'ignorez pas qu'il doit rentrer en France où ses activités l'appellent ?

— M. Monbraque est libre, répond le maharajah (1).

Pourquoi crois-je percevoir de l'ironie dans sa voix ? Parce qu'il en a un plein bidon, vous croyez ? Possible.

Mon intérêt se porte alors sur le gros Tanhnahunecomça qui ne cesse de me fixer comme Pygmalion devait fixer Galatée (à l'époque où elle était statue, parce que, faites confiance, à partir du moment où elle s'est animée, il a dû vite en avoir classe !).

Il s'arrange pour m'aborder à son tour.

— Alors, me demande-t-il : « on » a réfléchi ?

— A perte de vue, Majesté.

— Conclusion ?

— Il n'y a pas de conclusion puisque j'ignore la solution de votre problème, à mon vif regret d'ailleurs.

Son regard flamboie.

— Puis-je vous suggérer que vous avez tort ? Votre tranquillité risque d'en pâtir.

Alors là, il finit par me laminer les roustons, le gros sac à suif.

— J'aime tout mieux que la tranquillité, riposté-je.

Son sourire ferait dégobiller un crocodile.

— *Tout* est un bien grand mot, malgré sa brièveté, finit par m'assurer le sinistre personnage. Si nous étions à Hunhanfânh, la capitale de ma principauté, nos pourparlers iraient bon train.

Dois-je conclure de sa menace que mon hôte, le

(1) Maharajah peut également s'orthographier « maharadjah ». Mais je préfère conserver le « d » pour mon usage intime.

Maharajah Mâbitâhungoû, est étranger aux manœu-
vres de son collègue ?

Le topo est le suivant, mes fieux. Quatre monarques hindous sont réunis au palais de Khunsanghimpur : deux princesses et deux maharajahs.

L'un des souverains (le prince dont la ville est
Hunhanfânh) me réclame le produit de feu Monbraque en assortissant sa requête de menaces non
voilées. La princesse Çavajéjoui (également non
voilée) me vampe. L'autre, épouse Bérurier. Et le
quatrième, le maître du Palais, joue les Ponce-Pilote
en ayant l'air de se ficher de tout. Vous trouvez ce
mic-mac viable, vous ?

Eh ben *not me,* mes loutes.

Non, mais... Où ça va, ça ?

Hein ? Où ça va ?

Vous apercevriez Béru, fût-ce à travers un trou de
serrure, les bras vous en bançonneraient, le souffle
vous en couperet, le tube machin vous en obstruerait
et tout à lavement.

Le Gros, dans sa redingote mauve brodée d'argent, avec son voile d'or noué à la ceinture, son
pyjama de soie blanche, très bouffant du haut et très
serré du bas, avec son turban surmonté d'une
aigrette en poilduc de vierge mort-née... Le Gros,
avec son sabre enrichi de pierreries à la ceinture,
avec son décuple rang de perles autour du cou, avec
ses babouches aux pointes relevées (une fois n'est
pas cothurne), le Gros paraît surgir d'une ancienne
production de la Paramount.

Il est éclaboussant. Triomphant. Sûr de soi.

Beau, peut-être ! Anachronique aussi, je pense.
Rare, en tout cas !

Il se cambre dans l'ouverture de la porte, une
main à la hanche (très Louis XV), une autre à sa
braguette (très Napoléon). Il a une jambe en avant

(façon mannequin) et, de ce simple fait, une autre en arrière...

— Gode morninge, mes princes et chers amis, lâche-t-il, dans les tons flûtés, comment est-ce vous trouvez l'heureux fiancé? C'est du Jules ou pas?

Il me cligne tout spécialement de l'œil.

— Hé, dis, Gars, m'interpelle le futur beau-frère du Maharajah de Mâbitâhungoû (c'est vrai : j'oublie toujours la particule) j'en sais une qu'aurait une drôle de sacrée commotion si elle me verrait, non?

— Certes, admets-je. Les épouses sont toujours quelque peu surprises d'apprendre que leur conjoint s'est remarié sans avoir pris la peine de divorcer. Toutes ont un petit côté conformiste assez déroutant.

Mais ce sarcasme ne ternit pas le rayonnement du vertigineux fiancé.

— Vouèle, vouèle, dit-il. Ma future est parée pour la fiesta?

— Venez! ordonne Mâbitâhungoû.

On le suit...

Je ne vous décris pas les méandres du palais, ce serait tirer à la ligne.

Donc, pas mon genre.

Toujours est-il qu'après avoir méandré dans cette féerie, nous parvenons dans les appartements de la princesse Vadérhétroçatanâs (que vous voudrez bien me permettre d'appeler tout simplement Vadé, à l'instar de Béru, ce diminutif étant d'un maniement plus aisé, merci). Elle est parée pour ses noces, la chérie. Robe brodée d'or et de gemmes, voile de même métal. Un énorme rubis étincelle à son nez, lui composant, nonobstant la qualité de ses reflets, un pif de clown.

De ravissantes demoiselles d'honneur lui peignent

les mains et l'oignent d'huiles parfumées. Ces opérations alarment quelque peu le fiancé.

— Mande pardon, demande-t-il à son presque beau-frère. Ça consiste en quoi, ce bigntz ?

— La coutume veut qu'on teigne les mains de la future épouse avec des couleurs indélébiles.

Le Mastar bandonéone du frontal :

— Ça déteint pas, au moins ? J'ai guère envie de me repointer à Pantruche avec un scoubidou chamoiré comme un sucre d'orge.

— Rassurez-vous, le séchage est instantané.

— Bravo ! Et ce machin qu'on la barbouille ?

— Une huile purificatrice.

Nouveau sursaut de mon pote.

— Hé, pas de blague, vot' frangine risque pas de me poivrer, j'espère ? Vous comprenez, le chiendent que c'est lorsque vous ramenez un petit bouquet garni à la baraque ? C'est propageur, ces machins-là. Au bout de quéque temps tout le quartier l'a chopé et te montre du doigt.

— C'est un symbole, répond patiemment Mâbitâhungoû.

— Re-bravo ! exclame le Rassuré. Je voudrais encore une p'tite mise au point en ce dont y concerne le caillou qu'elle porte au blair. Ça l'ennuiera pas de se le foutre ailleurs pendant que j'irai au rapport matrimonial ? C'est le genre de gadgette qui te fait déjanter en plein virage lorsque tu frénétises.

Ayant obtenu tous les apaisements souhaités, nous partons pour le temple.

Dans la cour, on a dressé une échelle contre l'éléphant de Bérurier. Ce dernier est invité à prendre place dans le palanquin. La fragilité des échelons l'inquiète.

— Tout compte fait, ronchonne mon camarade, c'est plus facile de monter dans une voiture de sport.

Pourquoi vous z'auriez pas un escalier roulant ? Vous mordez comme c'est pratique, avec mon sabre, mes tartines recourbées et ma brioche ? Et puis me refiler un éléphant pareil ! Dites, c'est un Boinge 747, votre bestiau ! Il est à impériale ! On pourrait pas y aller en jeep à la mairie ? Et la carlingue, elle est arrimée solide, mouais ? Que si jamais une sangle pète, je m'emplâtre comme si je tomberais d'une télécabine, merde ! Sans compter que je voudrais pas écoper de sa papatte sur mon cor au pied, au minou. Et le cornard ? Où qu'il est le cornard-conducteur ? J'aime pas grimper en chignole quand le moteur est embrayé ! J'ai pas le permis poids lourd, moi !

Suant, rouscaillant, ahanant (et vanné), A-B finit par s'installer dans le satin rutilant de la nacelle. Un boy armé d'un « chavar » (ou éventail de plumes) se met à lui chasser les mouches, fort nombreuses sous cette latitude. Et, fouette cornac, le cortège dûment constitué s'ébranle.

J'occupe un éléphant à deux places avec la princesse de mes une et mille nuits (j'espère). On sort du palais. Sous le soleil, Khunsanghimpur expose crûment sa misère. Les maisons y sont lamentables, dégradées, dégradantes. Des gens exténués, maigres à hurler, pointus de partout, à tête-en-os, couverts de pustules et de haillons, gisent devant leur porte comme des ordures à ramasser. Les enfants au ventre énorme nous regardent sans nous voir, semble-t-il. Le bide ? Rien de plus révélateur. Seuls les très riches et les très pauvres ont du burlingue ici, c'est dire qu'à peu près tout le monde s'offre un durillon de comptoir. Mais il n'est pas taillé dans la même viandasse !

Des gardes, style lanciers, marchent en avant, pour si des fois un loqueteux souillerait le chemin...

Nos gros autobus tanguent et roulent lentement.

On va d'une allure puissante et majestueuse. Dans un tintement de grelots et un nasillement de flûte.

— Comment trouvez-vous le spectacle ? me demande Çavajéjoui en coulant une main serpentine dans la poche de mon pantalon.

— Hollywoodien, ma chérie. A tout moment j'ai l'impression qu'un metteur en scène va crier « Coupez ! ».

— Nous restons très attachés à nos traditions, malgré le progrès, assure-t-elle.

— Je vois. L'ennui c'est que, la caste supérieure mise à part, seuls les pantalons bouffent, chez vous !

— Humm, auriez-vous des idées avancées ? s'inquiète la ravissantissime.

— Les idées *avancées* sont toujours *retirées* à temps, philosophé-je, comme les drapeaux, ma princesse, qui ne font pas partie des combats mais des célébrations de combats.

Tout en devisant et palanquinant de concert, on arrive au Temple d'Hassê (1).

Une nuée de ravissantes filles en saris de couleur chatoient dans la douce pénombre du sanctuaire. Leurs visages brillent comme de l'ambre poli (2). Elles tiennent des plateaux chargés de victuailles diverses.

— Bonno, v'là qui commence au poil ! s'écrie le quasi marié en constatant la chose. Le petit casse-graine matinal : une riche idée. Et les serveuses ont tout ce qu'y faut pour te fout' en appétit !

Mâbitâhungoû lui explique que ces mets sont des offrandes au Dieu Ganesh dont la statue gentiment grotesque se dresse, formidable, au fond du temple.

_____

(1) Le temple d'Hassê n'a pas la même signification que celui d'Angkor.
(2) J'ai des dons, y a pas ! Ah, quel écrivain j'aurais fait si je ne m'étais pas mis romancier !

Un corps d'homme obèse pourvu d'une tête d'éléphant ! Les vierges s'en approchent, se prosternent et déposent leurs plateaux. On amène les futurs époux.

En loucedé, Béru cramponne une cuisse de poulet au curry qu'il se met à dévorer à belles dents tandis que les gurus (ou prêtres) commencent la célébration du mariage. Ils placent des bâtons d'encens devant la statue. Se prosternent. Psalmodient.

Toutes les religions sont à base de prosternations et de psalmodiances, d'encens, d'offrandes, et autres conneries du genre. L'homme, faut qu'il rampe, il a ça dans les rotules. Qu'il bouffe la poussière... Fasse des pipes urbi et orbi. Il croit servir Dieu en s'humiliant, en s'écrasant, alors qu'au contraire, la seule manière de LE servir c'est de dresser la tronche, bomber le torse et foncer. Y a qu'une vertu en ce monde : la charité ! Et la charité c'est quoi ? De la colère, mes grands. Uniquement de la colère. La charité consiste à s'indigner ! La charité, c'est de l'intolérance, de la rebiffe. La charité, c'est pas de chialer sur la misère du monde : c'est de la combattre. La charité n'est pas humble, mais belliqueuse ! La charité, c'est de l'amour. En amour faut pas s'aplatir, c'est inopérant. Véry négatif. Même sodomisé, tu dois remuer pour l'agrément de la chose ! La carpette ? Jamais ! Dieu a horreur des serpillières !

— Dites, les mecs, interpelle soudain le Grasveau en se tournant vers l'assistance, c'est à ce truc que vous me comprenez ? (Il montre Ganesh.)

Un silence recueilli ne lui répond pas.

Alors il s'insurge.

— Bien ! Trop p' aimable ! Déjà Babar je trouvais un peu corsé, mais plaisant ! Non, sans charre. Vous l'avez vue, votre bestiole ! Et moi, hein ? Et moi ? Matez et comparez, quoi, merde !

Il quitte son fauteuil pour aller se placer au côté de la statue.

— Des jumeaux, p't'être, non ?

La foule se prosterne.

— Ganesh ! Ganesh ! s'écrie-t-elle.

Un voile de tristesse passe sur le visage naguère radieux de l'imminent (et éminent) prince consort.

— Bon, j'ai pigé, c'est vindicatif chez vous, soupire le malheureux. Heureusement que j'ai faim.

Et il mange.

Beaucoup !

En force...

Nul n'ose l'interrompre. Ce n'est qu'après qu'il a nettoyé les plats d'offrande que la cérémonie peut se perpétrer (le terme n'est pas mal dans son genre, vous l'allez constater d'ici bientôt).

Les gurus apportent des parchemins raides comme des abat-jour de salon. Ils écrivent à l'aide d'une plume de Zyzigeânhmer (1) trempée dans de l'encre de Chine (2). Bien qu'exprimant en sanscrit, ils écrivent vite, et pourtant, le sanscrit, faut se le respirer, non ? Essayez de rédiger votre déclaration d'impôts en sanscrit, et le Trésor vous en donnera de mes nouvelles !

Leur tartine achevée, ils vont déposer les parchemins au pied de Ganesh.

Chants ! Litanies (du docteur Gustin) ! Feuilles de rose ! Encens et en mil ! Vive la mariée !

Le grand prêtre (il s'est fait bonzer) s'approche de Bérurier.

Le déchausse.

Il a alors un mouvement d'épouvante et court se

_____

(1) Oiseau rare, célèbre pour son plumage et ses longues pattes qu'on trouve dans la province du Kâzynodpâri (près de Calcutta).
(2) La Chine apporte une aide franche et massive à sa voisine indienne.

cogner un gorgeon de *Chartreuse Verte* au bonzeby-
tère.

Pendant ce temps, la princesse Vadérhétroçatanâs
baise avec dévotion les pinceaux de son époux.

Attendri, Bérurier lui caresse tendrement la
nuque.

— Tu vois, môme, lui gazouille-t-il, c'est à des
p'tits détails de c' genre qu'on se rend compte
qu'une femme vous aime.

Rassemblement des gurus.

Ces messieurs entraînent les époux aux pieds de
l'hôtel (Ganesh en a deux).

Leur font signer les documents.

Puis ces bonzes-apôtres lèvent les bras au ciel en
clamant comme quoi les messieurs-dames sont unis
pour la vie, l'éternité, le meilleur, le pire et tout ce
qui s'ensuit.

Après quoi, retour au palais. (Je gaze un peu
parce que vous avez hâte de renouer avec une action
dramatique.) Les époux, à présent, sont dans un
carrosse halé par deux vaches à lait aussi blanches
que sacrées.

Le Mastar, sans plus attendre, se met à peloter sa
bergère.

— Bouge pas, p'tit loup, j' te ferai une fleurette
en catastrophe avant le festin. Justement, je viens de
me calorifuger les mandibules... Avec ça que le
curry racontait des histoires corsées. Maintenant,
j'ai du 220 voltigeurs dans la rognasse, Mémé ! Tu
vas voir la façon que je te décapsulerai vite fait le
trésor pour dire de se préparer une nuit de noces
enchanteuse. Le Paradis, ça s'aménage, môme. Faut
baliser le trajet pour faire une entrée mieux triom-
phante ! Une fois que j' t'aurai balayé les inconvé-
nients, y t' restera que le nectar plus ultra. Ce soir
t'auras droit à la potée rose ! Au cierge magique !
Ganache ? Tiens, fume !

Et d'échafauder des délices, chemin faisant.
Mais, hélas...
Et palissandre !
Bon, vous m'avez compris.
C'est trop beau pour ça dure. Dites, j' sus pas
payé pour vous raconter le calendrier des postes !
Même nimbé de pittoresque, le descriptif, en littérature, y a rien de plus chiatique. Si je vous disais,
j'ai pas moyen de relire Zola, Balzac, tous ces
melons du 19e bataillon d'écrivains à pieds, tant
tellement qu'ils me les concassent avec leurs grandes
tartines fresqueuses. De la littérature du fiacre,
tout ça, z'enfants ! A présent je roule pour vous.
Ouf !

Dès qu'arrivées au palais, et tandis que Mme Bérurier Bis file en ses appartements pour s'aménager le
territoire, le Maharajah Mâbitâhungoû nous convie
à le suivre dans sa bibliothèque.
« Ma » princesse et l'horrible Tanhnahunecomça
s'y trouvent déjà, buvant du thé à la fleur de lotus
indexée.
— Asseyez-vous, mes chers amis, invite le monar-
que du Bandzob en nous montrant deux espèces de
fauteuils déguisés en sièges.
On obéit.
Pourquoi ai-je l'impression, tout brusquement,
que l'atmosphère n'est plus la même ? Il y a une
certaine gravité sur ces visages. Un peu de tension
dans l'air.
— C'est à quelle heure, la jaffe ? demande
Alexandre-Benoît.
— Elle commencera dans trente minutes, prince,
répond Mâbitâhungoû au cher Béru. Le repas
durera trois jours et trois nuits, et il ne comprendra
pas moins de six cents plats !
Béru rougit comme la petite Dubois quand on

vient lui annoncer qu'elle a été nommée rosière.

— C'est pas Dieu possible, bafouille Son Ampleur sérénissime. Six cents plat, vous dites ?

— Pas un de moins.

— Dessert compris ?

— Non.

Le Gros se lève et va à son beau-frère.

— Tu permets que je t'embrasse, Lucien ? lui fait-il à brûle-parfum (on est dans l'Inde).

— Mais, je... je ne m'appelle pas Lucien, s'étonne le Maharajah.

— T'imagines pas que j'allais continuer de t'appeler Mâbitâhungoû jusqu'à la consommation des cercles, si ? Maintenant que nous v'là en famille, je te baptise d'un prénom français, mon gamin, ça s'écroule de source, non ? T'aimes pas, Lucien ? Moi j'adore. Ça fait tout de suite intime.

Il donne l'accolade au Maharajah.

— Lulu, c't' une délicate intention que t'as eue, au sujet de ce bouffement. Six cents plats ! Le menu doit ressembler au catalogue Manufrance ! La seule chose que j'espère : qu'y ait pas de poireaux vinaigrette. J'en ai tellement becqueté à Saint-Locdu-le-Vieux que je peux plus les voir en peinture.

— Cher prince et frère, dit Mâbitâhungoû en s'écartant du Boulimique, nous parlerons gastronomie plus tard ; si vous le voulez bien, commençons par les affaires.

Je me crispe sur la manette de mon cerveau.

« Et v'là le travail, me dis-je ; ainsi il s'agissait bel et bien d'une conjuration ! »

— Les affaires ? Quelles affaires ? s'étonne le prince consort (à coups de pompes dans le train).

— Le produit. Vous vous êtes engagé à me remettre l'échantillon et la formule et à m'en confier l'exploitation...

Alexandre-Benoît hoche la tête de l'air pensif d'un assommé de frais.

— Mmmmmmoi ? finit-il par expulser.

— Vvvvvvvous ! ironise son beau-frère.

— Ho, hé, Lulu, c't' une blague ?

— Un contrat n'est pas une blague, assure le potentat.

— Comment ça, un contrat ?

— Celui que vous avez signé tout à l'heure, prince !

L'incarnation de Ganesh vient chercher secours dans mon œil clair.

— Tu piges, toi ?

— Je crois bien.

Pépère a un geste de mauvaise humeur.

— C'est curieux, déclare-t-il. T'es pas plus intelligent que mézigue, et pourtant tu t'arranges pour comprendre avec quéques centimètres d'avance. Bon, alors mouille-moi la compresse que je pige...

— Je pense, dis-je, qu'à la faveur du mariage on t'a fait signer le contrat auquel Sa Majesté fait allusion.

— En effet, assure Mâbitâhungoû en riant large.

Il va prendre un rouleau de parchemin sur une table d'or où sont étalés des manuscrits datant de deux mille ans avant Pompidou.

— Voici le document en question. Du moins, l'un d'eux car je l'ai fait établir en double exemplaire. Il est rédigé en anglais, en français et même en sanscrit et chaque version est paraphée par vous, Monbraque. Qui dit mieux ?

— Moi ! répond froidement le Mastar.

Je lui ai déjà vu tirer des crochets du droit à Béru. Oh là là, vous parlez !

D'aussi impec. D'ausi percutant. D'aussi appuyé, ja-mais !

Le Maharajah exécute un vol plané de trois mètres avant que d'aller s'abattre, foudroyé, entre les bras sans compassion d'un Bouddha de bronze.

Un Maharajah, dites : vous vous rendez compte !

PERCHAIT SIX

Un qui meute et rameute ! Qu'invective et détective ! Qui tige et fustige ! Qui s'emploie et déploie ! Qui inculpe et décuple ! Qui... (mais qu'est-ce que je déroule là, moi ? Je m'écoute penser ! M'embaume de mots ! Me poème).

Je voulais dire ; un qui réagit vivement, c'est Tanhnahunecomça.

Il est gros, bouffi, suiffeux, d'apparence mollassonne, mais ses réactions sont promptes !

Je souhaiterais que vous vissiez (ou tournevissiez) ce travail, mes bien gentilles, mes très aimées, mes adorables ! La manière qu'il dégage de sa large ceinture de soie brochée son sabre d'apparat. Celle dont il se fend pour estoquer le Gros. On se croirait dans du Georges Ohnet de la grande cuvée : scène du duel ! Vzzac ! Ça siffle, une lame, dans l'air lourd de parfums. Fchiiii ! Textuel et in-extenso ! Parole : fchiii ! J'invente pas, je reconstitue. Je suis le mosaïqueur du son. Fchiiii (surtout pas fschiiii, ça ferait germanique !). La longue rapière brillante comme une stalactite de glace au soleil saharien plonge dans la bedaine du Mastar.

Seulement, j'espère que dans l'intervalle vous ne l'avez pas oublié, mes linottes et linotypistes, le gars Bérurier est toujours caparaçonné en obèse surchoix.

Je veux pas vous convertir à l'hindouisme, mais le Dieu Ganesh est bel et bien le protecteur des pachydermes ou assimilés. La preuve : il subit sans dommage le pourfendage du maharajah, Alexandre-Benoît. Hier c'était le ya dans les endosses, aujourd'hui le sabre *in the* brioche. Une belle carrière de pelote à aiguilles s'offre à lui.

Stupéfié comme il se doit (mais un peu plus), Tanhnahunecomça reste un court moment indécis, puis, d'un geste violent, il retire son arme. Sa surprise n'a été que de brève durée, après tout ne sommes-nous point au pays des fakirs où des tas de messieurs désœuvrés se traversent les joues avec les lames effilées. Y a accoutumance de sortilège dans l'Inde, oubliez pas !

J'ai dit quelques lignes plus haut qu'il retirait son arme.

Il ne la ramène pas seule !

Dans l'action, les sangles de la fausse bedaine ont cédé et à présent, la brioche de mon camarade lui pend sur les genoux, comme l'avant de ces avions-cargos assurant le transport des tomobiles entre la France et l'Angleterre.

Regain d'hébétude chez les assistants.

Puis, Mâbitâhungoû, revenu de son étourdissement (en fâcheux état car il s'est sérieusement contusionné dans les bras de son Bouddha) trépigne :

— Duperie ! Duperie ! Ces gens ne sont que des gredins ! Des fripouilles ! *Le produit n'existe pas !*

Il hèle sa garde, et le grand Péherlashès entre en trompe (aux Indes, à cause des éléphants qui pullulent, on n'entre jamais en trombe), escorté d'une demi-douzaine d'hommes en armes.

— Assurez-vous de ces deux bandits ! ordonne le beau-frère de Bérurier.

Ce qui est fait aussitôt. Le temps pour un bègue de

compter jusqu'à un et demi, nous voilà avec les mains solidement entravées derrière le dos (ou plus justement : devant le dos).

Le Maharajah Tanhnahunecomça fend à brûle-pourpoint celui du Gros. La seconde partie de la supercherie caoutchoutée est alors révélée.

— En fait, il n'est pas Gros ! fulmine le prince dont la ville est Montherlant (ou quéque chose de ce genre).

C'est bien la première fois que j'entends proférer une telle exclamation à propos de mon pote. Comme quoi tout est relatif, pas vrai ?

En tout cas, elle comble d'aise le cher biquet.

— Tu vois, me prend-il à témoin : un connaisseur !

La môme (pardon, la princesse, j'allais indisposer mes lecteurs abonnés à *Ici-Paris*) Çavajéjoui prend la parole pour la première fois depuis cette rapide échauffourée.

— Je crois qu'il est temps de tout révéler, messieurs !

Froide comme un nez de chien-bien-portant, cette panthère.

— Nous n'avons rien à dire, affirmé-je en plaçant mes deux prunelles dans les siennes, pour la bonne raison que nous ne savons rien.

— C'est ce que nous allons voir !

Sa manière de proférer me titille l'échine. Un squelette ferait du xylophone sur mes vertèbres, l'impression serait sûrement plus jouissive. Je sens que notre destin dérape, au Gros et à moi. Il capote, même ! Coupés de tout, au cœur de l'Inde mystérieuse, entre les mains de ces monarques nantis de pouvoirs régaliens, on est dans les draps en forme de suaire, non ?

La splendide garce s'adresse à notre hôte :

— Mon cher, à présent les grands moyens s'imposent.

— Je le pense aussi, répond Mâbitâhungoû.

Bérurier, quelque peu alarmé, croit bon d'intervenir.

— Hé, dis, Lucien, on va pas continuer de se tirer la bourre entre beaux-frères ! A quoi que ça rime ces giries ? Au lieu qu'on se prend de bec, je ferais mieux d'aller faire le plein des sens à ta petite frelotte qui doit morfondre du baigneur en attendant la bouffe gigantesque. V'là un petit lot qu'a besoin de cajoleries en priorité. Mine de rien, elle est chaude du réchaud, ta sisteur, Mec.

Mâbitâhungoû éclate de rire.

— Elle sera bien plus chaude demain, assure-t-il.

— Qu'entends-tu par là, Lucien ? hasarde le mal-Dégrossi (son harnachement lui pend encore autour de la taille, comme des jambons à un mât de cocagne).

— Au Bandzob, révèle sinistrement l'étrange garçon, *on brûle encore les veuves !* L'occasion de me débarrasser de cette crétine est trop belle ; crois-tu frère, que je vais la laisser passer ?

Moi, y a des individus que j'aurais aimé connaître. Ainsi, par exemple, les architectes ayant conçu les palais ou autres châteaux forts. Ils devaient avoir le caberluche drôlement fabriqué pour combiner toutes ces oubliettes, ces caches, ces renfoncements, ces cours intérieures secrètes. Leur cerveau ? Une vraie grille de mots croisés ! Ah, les vicéloques !

Ainsi, présentement, mes bien chers frères, nous nous trouvons dans une sorte de puits insoupçonnable depuis l'extérieur, et même de l'intérieur, pour qui n'en connaît pas l'existence.

Figurez-vous une fosse ronde, de dix mètres vingt-quatre de diamètre environ. Une paroi verticale représentant à peu près la hauteur de quatre étages cerne cette piste. Un seul accès (et par conséquent une seule issue) : un portail de bronze. Tout en haut, au ras du jour, par acquit de conscience ou excès de précautions, l'on a tendu une formidable grille tressée de fils plus gros que mon poignet.

— On est chouette, hein ? lamente Bérurier.

— Pas mal, et toi ?...

Des geôles de toute nature, vous le savez depuis le temps qu'on se pratique, j'en ai connu une chiasse-rée déjà. Des profondes, des aquatiques, des électri-fiées, des hérissées de pics, des et cætera (les pires) et d'autres encore. Mais c'est la première fois que je suis prisonnier d'un local dont la porte ne comporte ni clé, ni verrou, ni barre de fermeture d'aucune sorte.

Ça vous la sectionne, hein ?

Vous vous demandez comment il se peut-ce. Y a-t-il un fossé bourré de scorpions ? Des tigres affamés en vadrouille derrière l'huis ? Des gardes aux aguets ? Une barrière de feu ?

Non, mesdames, non, messieurs.

Rien de tel.

La porte seulement, *RIEN QUE LA PORTE*. Mais, je vous l'ai dit, elle est en bronze et il faut les efforts conjugués (au présent) de vingt hommes musculeux pour l'ouvrir.

Tout simplement.

Si bien, frères-humains-qui-en-même-temps-que-nous-vivez, si bien que, pour la première et sans doute la seule fois de ma vie, je suis incapable de sortir d'un espace non fermé à clé.

Nous n'y sommes point seuls.

Un vieillard y gît. Une loque humaine dont l'apparence s'estompe. Quelques os, une barbe interminable. Il est étendu à plat ventre. Sa tête est grosse comme mon poing. Ses yeux sont tellement enfoncés qu'on dirait deux trous. Il respire à peine. Il a un semblant de loques moisies autour des reins. Je le considère avec une folle compassion. Il est impossible d'être moins vivant que cet individu sans être tout à fait mort.

Je m'accroupis près de lui pour lui parler. Heureusement, il chuchote l'anglais. En termes presque imperceptibles, tel l'abbé Faria dans son cachot du château d'If, il me révèle son étrange et terrible histoire.

Il est prisonnier depuis quinze ans dans ce trou de cul de basse-fosse (j'ai pas écrit trou *du,* mais trou *de,* je vous le fais observer, qu'autrement sinon vous me jetteriez le discrédit dessus en allant ragoter de droite et gauche). C'est le père du Maharajah actuel Mâbitâhungoû qui l'a flanqué en ce lieu désespérant (le père, lui, s'appelait Pouhâh). Il avait quelques grosses difficultés à accomplir son devoir d'homme auprès de sa maharanée, et c'était ce bon vieillard délabré, du nom de Trikviitt, qui l'aidait. Trikviitt est fakir hindou de son métier, spécialisé dans la corde droite. Tu lui donnes un rouleau de ficelle, il joue de la flûte, et la ficelle s'élève tel un serpent dressé. Le soir, au moment où Pouhâh rendait visite à sa gerce, Trikviitt embouchait son pipeau et le miracle s'accomplissait pour le défunt maharajah. Dare-dare (si je puis dire, je devrais écrire dard-dard, mais ça me gênerait) son zigouigoui à tête non-pensante se mettait à la verticale et la brave maharanée n'avait plus qu'à se mettre en selle pour le grand steeple-chase des lanciers. Vous me suivez? Parfait. Je sais que vous me berlurez pas. Vous autres, dès qu'il est question de trucs saugrenus, vous v'là tout ouïe. Bon... Seulement imaginez-vous que Trikviitt avait une méthode de relaxation bien à lui : pour se reposer, il s'asseyait sur ses épaules, la nuque au sol, le buste et les jambes à la verticale. Vous mordez toujours ? O.K. ! Un soir où Pouhâh voulait gâter sa vioque (c'était la fête des mères du palais) il cria bis. Docile, Trikviitt se remit à jouer, mais sans se remettre dans sa position normale, si bien qu'au lieu de se dresser, le clapougnard du maharajah se mit à pendre. Drame ! N'oubliez pas qu'à la base, Pouhâh avait des dispositions naturelles ! Et le naturel, hein ? Jouez-lui de la musique, il revient au galop !

Par la suite, le fakir eut beau s'employer à mort. Souffler dans son instrument pis que le bon Armstrong dans sa trompette. Il eut beau changer de pipeau. Il eut beau jouer « Reviens veux-tu », « Les Trois Orfèvres », « Monte là-dessus », « Si toi aussi tu m'abandonnes », « Le grand air du Toréador de Carmen », « Le pendu de St-Germain », « Fume, c'est du Belge » et « Si tu n'en veux plus, je la remets dans ma culotte ». Il eut beau invoquer des tas de divinités pourtant très opérantes dans ces cas pénibles, rien n'y fit ! Monsieur Mabitâhungoû-père resta toujours avec un fil à plomb en guise de manche à gigot. D'où sa fureur. Son esprit de vengeance...

— Malheureux vieillard, lamenté-je, comme atroce dut être votre survie. Vous alimente-t-on, au moins ?

— Non : je me nourris d'insectes qui se fourvoient jusqu'ici. A ce propos, soyez gentils, laissez-moi les scarabées phytophages : c'est mon régal...

— Et pour boire ?

— L'eau de pluie... Je fais le plein à la mousson.

— Comment passez-vous vos journées ?

— Je meurs, ça distrait.

Affreuse histoire, hein ? Peu propre à me remonter le moral, n'est-ce pas ?

— De quoi souffrez-vous le plus ? insisté-je.

— De devoir dormir sur de la paille, balbutie le fantôme.

— Vous regrettez votre lit ?

— Plus que la liberté. C'est dur, quand on a passé soixante-dix ans sur une planche à clous, de devoir gésir sur du mou ! Regardez mon dos : il est plein d'escares... Si je vous disais qu'ils m'ont torturé en me couchant sur un matelas !

— De quoi parlâtes-vous, mes drôles ? ronchonne Béru.

— Ce digne homme me raconte ses petites misères...

— Ah, les dabuches mirontons, tous les mêmes, sous toutes les altitudes : leurs rhumatisses, la quatorzedixhuit, la dégringolade de l'emprunt russe... Je connais le topo.

Il se mouche d'un pouce fort adroitement appliqué contre la narine opposée à celle qui doit être dégagée.

— Tu parles d'un mariage qui finit en queue de poisson ! Ma sirène qui se pâmait déjà, on lui avait toiletté le fri-fri et tout, lotionné la calandre pire que pour un défilé. Ça s'appelle un coup rentré, ça, non ?

— Non, justement, objecté-je doucement en matant nostalgiquement le ciel bleu, quadrillé par les monstrueux barreaux, tout là-haut.

Dans ce puits, on se sent perdu corps et âme. Rejeté par l'univers.

— Pourquoi ne vous ont-ils pas exécuté ? demandé-je à Trikviitt.

— Parce qu'au Bandzob l'on n'a pas le droit de tuer un fakir, n'importe les crimes qu'il pourrait commettre. Celui qui assassinerait l'un de nous serait maudit pour six générations et périrait la même année dans d'atroces souffrances, ainsi que

ÇA NE S'INVENTE PAS!

tous ceux qui assisteraient au forfait. Ainsi le veulent nos dieux !

Je traduis à Bérurier.

— Dommage qu'on soye pas fakir, déplore mon valeureux compagnon, parce qu'en ce dont y m' concerne, je crois que les carottes sont archi-cuites. T'as entendu mon salingue de beauf, ce qu'il a dit : son rêve, c'est de me bousiller pour avoir un prétexte à faire cramer sa frangine. V'là pourquoi il tenait d'activer le mariage, l'ordure ! M' f'sait signer des contrats en douce, puis me butait, et on allumait Bobonne pour mes funérailles. De la sorte il avait tout à lui, c'te peau : le sacré produit et la part de sa frelotte. Les grossiums, au plus ils sont riches, au plus ils en veulent.

Un roulement caverneux, ample et sourd; retentit, qui, comme disent les pâtissiers turcs, va croissant.

— Allons bon, v'là que le temps se gâte, méprend le Gros lequel croit au tonnerre, c'est la saison de pontamousson qu'arrive.

— Il n'est pas question du temps, Gars : c'est l'ouverture de la porte.

Fectivement, celle-ci s'écarte avec une lenteur de re-play télévisé. Millimètre par millimètre. Toutes les lourdes qui s'ouvrent, notez bien, s'écartent millimètre par millimètre, seulement elles le font si rapidement qu'on croit qu'elles s'écartent décimètre par décimètre. Je précise en sorte pour vous montrer que si j'use de clichés, c'est en connaissance de Kodak.

Bon, bien, parfait... Donc, l'énorme et ultra-pesante porte s'écarte. Aucun système pneumatique ou hydraulique pour faciliter l'opération. Ça fonctionne uniquement au jus de muscles, ça, mesdames. Et l'on entend ahaner les haleurs (ce sont des haleurs non cotés en Bourse).

Dès que l'écartement le permet, des gardes en lances pénètrent dans la fosse, l'hallebarde braquée vers nous. Ils ont la moustache hérissée, l'œil plus noir que le poil et une expression déterminée dont je ne vous dis que ça (et encore c'est trop) !

Derrière eux, entrent trois gus porteurs de trois fauteuils dorés qu'ils vont aligner à l'extrémité de notre geôle. Cette dernière étant circulaire, qu'appelez-vous son extrémité ? me demanderez-vous poliment pour ne pas risquer de prendre ma main sur la hure. A quoi je vous répondrai que j'appelle extrémité la partie la plus opposée à la porte, et si c'est tout ce qu'y a pour votre service, eh ben tant mieux !

Pendant cette manœuvre, la formidable porte (j'espère que le terme de formidable vous en donne une certaine notion) continue de s'écarter dans l'ombre.

Un temps mort...

Puis trois personnes radinent : nos trois princes hindous. Mâbitâhungoû (fils de Pouhâh), Çavajé-joui, la belle et perfide motocycliste, et l'infâme Tanhnahunecomça !

Un sacré trio dans le genre, croyez-moi. J'ai encore jamais rencontré trois maharajah de c't'acabit, mais alors jamais de jamais !

Sans un regard pour nous, ils vont s'asseoir dans les fauteuils.

Mâbitâhungoû frappe dans ses mains.

Un gus enrubanné de frais accourt, portant une espèce de pouf en bois de gratziboum (dont la densité, je vous le souviens, est tellement supérieure à celle de l'eau qui si tu le plonges dans un liquide, la poussée d'Archimède (un homme à principe) est douze fois supérieure au poids du liquide déplacé, ce qui n'est pas un mince éloge !

Il installe le pouf au milieu de la piste.

« Mon Dieu, me dis-je, l'on dirait un billot ! »

Qui dit billot dit bille en tête. Le jeune marié à la même pensée.

— Dis voir, Sana, balbutie le cher camarade de commotion, est-ce que par hasard y z'auraient pas décidé de nous décapiter la tête ?

— Cela se pourrait, conviens-je, ces requins n'étant pas à un pléonasme prêt !

Nouvelle attente.

Cruelle !

Que dis-je, cruelle ! Non, mais ça va pas, moi, aujourd'hui, je faiblis de l'épithète ! Y a des trous dans mes superlatifs ! Je voulais dire in-fer-nale !

Mâbitâhungoû croise ses jambes et décroise sa langue. Il va parler. L'acoustique est d'une qualité extraordinaire dans ce dargeot-de-basse-fosse.

Tu chuchotes et t'es entendu clairement.

— La sono est aussi bonne qu'à la C' gars-là de Milan, hein ? note Bérurier-le-Vaillant auquel rien n'échappe.

Mais il la boucle, car Mâbitâhungoû s'adresse à lui.

— Cher frère, fait le jeune maharajah, êtes-vous un homme impressionnable ?

— Moi ? grogne le Gr'os (1).

— Oui, vous !

Sa Majesté le prince-annexe Béru hausse les épaules.

— Lucien, rétorque-t-il, je te répondrai d'un mot, d'un seul : « Pas du tout ! »

— Eh bien, nous allons vérifier la chose.

A nouveau, le maître du palais frappe dans ses

---

(1) Tant qu'il était déguisé en obèse je l'appelais le Grrrros. Maintenant qu'il est redevenu normal, je crée une notion de contraction dans le qualificatif. C'est ça, le métier de grand écrivain.

petites mains de jeune fille prolongée (de quelques centimètres excédentaires).

Qui va entrer ?

L'exécuteur des hautes-œuvres, évidemment. Ensuite ils refermeront la lourde pour qu'on puisse jouer à bourreau fermé.

— J' crois qu'avant pas longtemps, ils pourront jouer au bovelinge avec nos physionomies, hé ? fait placidement Alexandre-Benoît.

Nous guettons l'entrée. Franchement, je ne suis pas un dégonflard, mais, jouissant d'une certaine imagination, je ne partage pas la sérénité de mon chosefrère. L'imaginatif est plus vulnérable que le con courant, car il décèle des foules d'hypothèses adaptables à toutes les circonstances. Il précède l'événement et donc le subit plusieurs fois.

A quoi il ressemble, le bourreau de Khunsanghimpur ? P't' être est-il chinois, pour que ça fasse plus sérieux ? Avec une machine à décoller les chefs passée à la meule abrasive tous les mornings ?

Ou alors un derviche brandissant une durandal de deux mètres ?

Ce que c'est longuet... Rien n'arrive... Si ! Je perçois un martèlement lent et sûr.

Qu'est-ce qui débouche ?

Inutile de finasser, vous ne trouveriez pas.

Beaucoup trop connards, les gars ! Faut du phosphore pour se la mesurer avec Santonio.

Le bourreau, chères et chers, c'est ni plus ni moins qu'un éléphant.

Belle bête, franchement. Il est un peu moins gros que celui qui emmena le matin Bérurier à sa noce, mais ça reste du chouette animal quand même. On vous l'offrirait pour vos étrennes, vous seriez obligés de déménager la salle à manger.

Et dressé, je ne vous en réponds ! Bête de somme, certes, mais aussi de cirque.

Elle se la radine toute seule (la grosse bébête) jusqu'au billot. Parvenu devant le rondin en gratziboum, l'éléphant s'arrête.

— Messieurs, lance alors le maharajah Mâbitâhungoû, vous allez voir quelque chose...

Il fait claquer ses doigts. L'enturbanné qui a apporté le billot pousse un cri très strident. Quéque chose comme Hyééééiiii!

L'éléphant, comme mû par un déclic, comme on dit dans les littératures niçoises, lève sa patte avant gauche au-dessus du billot.

« Hyééééiiii! » répète le pop'cornac.

Babar abaisse son paturon, mais sans l'appliquer sur le bois. Il le conserve en suspens à environ trente centimètres de celui-ci.

Un petit moment se passe. Le cornac se tourne vers son patrince (1). Mâbitâhungoû opine.

— Hyééééiiii! répète pour la troisième fois le commandant de bord du Jumbo.

L'éléphant pose lentement son pied sur l'estal du piedouche.

— Voilà, avez-vous compris comment se décompose la manœuvre, chers amis? demande le prince. Trois cris particuliers font agir la bête. Nous allons forcer l'un de vous à poser sa tête sur le billot. Deux cris seront poussés, amenant le pied de l'éléphant à quelques centimètres de son visage. Pour éviter que ne soit lancé le troisième cri fatal, il vous suffira de parler. Je veux l'entière vérité.

Il cause encore, mais ce qui suit, il le dit en sanscrit horizontal, langue que je suis en train d'étudier mais que je ne manie pas encore suffisamment bien pour vous servir d'interprète.

Comme ce qu'il bonnit sont des ordres et que ses

_____

(1) Mot hindou signifiant patron-prince, prince-patron pour ceux qui préfèrent la forme britannique.

sbires les exécutent, je suis tout de même en mesure de comprendre.

Et pour comprendre, je comprends...

Surtout ma douleur !

Des lanciers se jettent sur moi, me bousculent rudement et me forcent à m'agenouiller.

C'est moi « l'un des deux » choisi.

Soit ! Autant mézigue que le Gros, hein !

Le bois est lisse comme le couvercle d'un piano. Il met quelque fraîcheur sur ma joue en feu.

Finir sous le pied d'un éléphant, la tronche écrabouillée comme un œuf tombé de son panier, avouez que c'est là une fin dérisoire.

Une fin de non recevoir, presque !

— Hyééééiiii ! clame le cornac.

Le gros médor lève sa vilaine papatte. Vous n'avez jamais regardé par-dessous le panard d'un éléphant ? Cela ressemble au sol lunaire. C'est grisâtre, caleux, bosselé, moche et débilitant. Cela fait penser à une anomalie, à une infirmité, à un tronçon, à un moignon guéri.

— Hyiééééiiii ! bisse l'autre pomme à turban.

Le panard s'abaisse, m'obstrue le bleu du ciel, m'apporte comme un début de néant. Devient une lande de cendres. Un désert sans confins. L'horreur d'une profonde nuit.

— Maintenant, parlez ! ordonne l'indigne beau-frère de Béru.

Il peut toujours courir. Le résultat est acquis d'avance, c'est certain, couru, admis, signé, contre-signé avec persistance. Que ferait-il de nous ? La mort du Gros lui est maintenant nécessaire, et la mienne idem par la même occasion. Ou alors, s'il ne nous bute pas, il nous laissera moisir auprès du vieux fakir démantelé. On passera quelques mois seule-ment dans la fosse, nous, car nous sommes moins résistants que le vieil ascète. Le régime punaise, l'hydratation par moussons bi-annuelles, c'est pas notre lot d'Occidentaux amollis par le confort et la bonne chère.

Bon, parler pour dire quoi, d'abord ? Qu'on est des flics ? Deux pauvres poulets cherchant la filière d'une misérable affaire de drogue ! Risible, vu d'ici ! Plat comme ma bouille une fois qu'elle aura été foulée par le camarade Jumbo !

Ma recette, dans les cas noirs, vous la connaissez ?

Oui : je pense à Félicie. Et maintenant, en plus de l'image de ma vieille, y a aussi celle du petit Antoine, le mouflet qu'on a recueilli. C'est bath, c'est lumineux de planter sa gamberge dans cet azur lointain. Un miel... Ils continueront sans moi. Dans un sens, ce bébé ce sera un peu mécolle qui continuera pour M'man. D'abord il porte mon prénom, ce qui est une belle coïncidence, véry frappante... Elle lui mijotera des petits trucs délicats : cervelle hachée, épinard-crème ! Le voyou !

— Puisque vous ne parlez pas, nous allons pousser le troisième cri ! annonce l'infect Mâbitâhungoû.

Marrant comme il reste absolument immobile, le léphant. Sa guibole à l'équerre ne bronche pas d'un poiluche. Marmoréenne, elle est ! Mécanisée !

— Stop, Lucien, moi, je vais causer. Tu vas pas tout de même y éclaffer le cigare comme une noix véreuse à mon pote, quoi, merde ! Primo je m'appelle pas Monbraque mais Bérurier, j' sus pas obèse, je sus inspecteur de police. Principal !

Lancé, Pépère se raconte. Nous raconte. Dit tout... L'équipe d'hockeyeurs... Les meurtres... Les laboratoires Merdre... Nous, branchés avant tout sur la drogue... Tout, quoi ! Pas besoin de vous le resservir froid avec une mayonnaise puisque vous savez déjà. Il raconte notre arrivée à Bombay. Le père Hivy Danhladèsh. Le poignardage de celui-ci...

La manière tout à fait hasardeuse dont à notre
descente du train nous sommes venus au palais, seul
endroit que nous jugions hospitalier dans la nuit
hostile. Pommes à l'huile que nous fûmes!

Son récit captive.

Il a des accents qui ne trompent pas, l'Andouil-
lard. Quand il ment, on le VOIT, quand il dit vrai,
on le SAIT!

— Tu comprends, Lucien, le pourquoi qu'on
pouvait pas te rencarder au sujet de la chierie de
produit, vu qu'on sait toujours pas de quoi t'est-ce
qu'y s'agite! Pour nous résumer le topo : t'en sais
plus long que nous sur la question, et c'est toi qui
devras nous affranchir. Des fois que si on mettrait
tous nos œufs dans la même poêle, on se ferait une
bath omelette, non? Au lieu de jouer les gros
méchants princes hindoustriels. Même si t'as quéque chose de pas légal à te reprocher, t'as rien à
craindre dans ton bled. C'est pas demain la veille
qu'on pourra t'extrationner. Surtout nous autres, en
France, chaque fois qu'on réclame un mec à d'autres
pays, y nous répondent de s'adresser aux objets
perdus, rue des Morillons. Alors t'es d'ac, Lulu? On
mélange nos brêmes et on repart à zéro? Pour
commencer, faut que j'honorasse mon mariage, p'tit
homme! Il y va de mon honneur. Ta frangine, je
peux pas la laisser virer rance. Moi qu'ai remporté
les Vingt-Quatre heures du Membre. Un mariage
blanc, c'est pas signable Bérurier, mon loup.

Il se fait tout gentil, tout sucre, Béru. Il veut la
sauver, la peau de son San-A. Coûte que coûte. Il ne
songe qu'à ça. Alors il en roule, enroule, parle
d'abondance, noie le problème, le poisson, le maharajah dans ses flots tumultueux d'éloquence.

Et bibi continue de mater le sous-pied du pachyderme. Redoutant que la bestiole n'ait une crampe.

Une piaffade impatiente. Une bête est une bête, non ?

Lorsqu'à la fin il se tait, Mâbitâhungoû éclate d'un rire hargneux.

— Imbécile ! dit-il. Ah ! vous voulez honorer votre mariage ! Soit, vous aurez l'occasion de le faire demain, à l'heure du Chplakfâr. On vous placera sur le même bûcher, l'idiote et vous. Avant que les flammes ne vous rôtissent, vous aurez sûrement le temps de vous accoupler si l'envie vous en dit encore, ce dont vous me permettrez de douter !

Il fait claquer ses doigts secs comme le petit bois à allumer les brasiers.

— Hyiéééiiii ! gutture le cornac.

Oh, le Santantonio, pardon !

Ce travail éclair, mes commères !

Cet instinct !

Cette détente...

La vérité, c'est que l'enturbanné n'a pas dit exactement « hyiéééiiii, mais plus hyiéééiahô-hoûuu ». Vu qu'en cours de cri il a dégusté mes deux talons dans la frite ! Un saut de truite. Merci Schubert ! Hébert ! Le gros léphant, il met son monstre panard sur le bois du billot. Hop, hop ! Grâce et souplesse ! La tronche au Tonio n'y est plus. Une ruée libératoire. Qui a surpris les deux mecs qui me maintenaient.

Les quatre fers en l'air. Et le cornac avec plus une dent de devant ! Défriché des croqueuses, comme par une épidémie de scorbut. Tel est mon score et mon but ! Je caracole avant que les gardes n'aient eu le temps d'intervenir. J'agis sans penser. Comme la flèche accomplissant sa trajectoire, je ne suis qu'action. De grâces !

En un chmolding, j'ai le temps d'enregistrer l'élan de Béru vers moi. Le coup de manche de lance qu'il dérouille de la part d'un lancier de feu le Bengale

derrière la vitrine. Déjà je me suis emparé du
poignard d'argent ciselé fiché dans la ceinture du
cornac estourbi (or not to be). Re-déjà, j'ai bondi
sur le vieux Trikviitt, fakir mis à la retraite anticipée.
L'ai pris d'un seul bras (pas duraille ; s'il pèse quinze
kilos après la mousson, c'est le bout du monde !). Je
lui place un couteau sous la gorge.

« Ça y est, San-Antonio a perdu la raison ! » vous
exclamerez-vous intérieurement, au risque de fêler
vos cordes mentales.

Que tchi, mes bougres !

Santonio sait toujours ce qu'il fait, pourquoi il le
fait. Je me plante au milieu de l'arène. Théâtral !

Ce que je dois être superbe et généreux, ainsi.
Cette posture de gonze-qui-t'adort, mes jolies cre-
vettes ! Marco Polo au Châtelet ! Lodi au pont
Bonaparte ! Le Cid dans la chambre à coucher de
Chimène après lui avoir arraché ses crêpes de deuil à
la Chandeleur.

— Faites un geste, un seul ! Et je l'égorge. Sous
vos yeux ! Vous entendez ? Un fakir ! Vous mourrez
tous de mort violente ! Et vous serez plus maudits
que Philippe Le Bel (l'inventeur du fusil de guerre) !

Je ne vous garantis pas avoir dit exactement ces
mots, mais enfin v'là le sens général de mes paroles.

— Arrêtez-le ! ordonne Mâbitâhungoû, lequel
s'est dégagé de certains préjugés qui lui revenaient
plus cher que la cuisine au beurre.

Les gardes flottent.

— Emparez-vous de lui, et vite ! glapit le maharajah.

Il y a un certain mouvement, mais prudent. Alors
quelque chose retentit dans l'arène (la fosse, la
geôle, enfin le machin où qu'on se trouve). Heureusement que l'acoustique est ce que je vous en ai dit
sinon le quelque chose serait inaudible tant il est
faible. Il s'agit de la voix de Trikviitt.

Le vieux vieillard (il est des pléonasmes opportuns, voire nécessaires) s'excrime en sanscrime. Il use ses dernières ombres de forces à bonnir une sorte de lamentation.

En l'entendant, les gardes glaglatent et il se met à pleuvoir des hallebardes.

Moment fragile, à ne pas rater!

De la barbe à papa d'instant.

De la poussière de temps en suspension.

Je bouge Béru de la pointe du soulier. Il a été sérieusement sonné. J'hésite. Mon cœur bat, vous savez quoi? Qu'est-ce qui a répondu la chamade, dans le fond? Il a gagné deux kilos de sucre, bravo! (On l'applaudit!) Oui, mes très vous, mon cœur bat en effet la chamade, comme dirait Françoise (pas la mienne, celle de Flammarion). Voici pourquoi.

Les deux vilains maharajahs ne sont superstitieux que par sujets interposés. Ils respectent la tradition pour ne pas indisposer le peuple, mais le sang d'un fakir, ah, là là, vous pensez s'ils s'en caressent l'aigrette!

Voyant l'inertie de leurs lanciers à la gomme, ils décident d'intervenir et dégainent leurs grands sabres du dimanche.

A pas lents, ils s'avancent.

Que dois-je faire?

Profiter de l'inertie des gardes immobiles pour battre en retraite avec mon fakir, ou bien renoncer à tout pour rester en compagnie du Gros, lequel est hors d'état de me suivre?

Cruel, mais court dilemme.

San-Antonio, vous l'aurez appris dans les manuels scolaires, et même dans l'Emmanuel Roblès, ne peut pas ne pas choisir l'action.

D'ailleurs c'est l'action qui le choisit!

En conséquence, il se met à reculer jusqu'à la porte...

S'élance dans le tunnel obscur, toujours lesté de son léger fardeau.

Tanhnahunecomça se précipite avec un cri que je qualifie sans barguigner de sauvage, sabre au clerc, comme un notaire pédé.

J'ai une esquive tournante.

Olé, toréro !

Ma main droite part en avant.

J'entends un « Ahaaaaarrrrrh » qui me fait mal aux oreilles. Le gros maharajah tombe à genoux en se pelotant l'abdomen.

Il s'est pris une sérieuse entaille dans la couenne. En séton, heureusement pour son futur. Mais enfin, c'est pas en se collant un timbre sur la plaie qu'il réparera cette boutonnière.

J'adresse une prière véhémente à Ganesh. Vaut mieux s'adresser aux dieux de la région, car ils connaissent mieux les us et coutumes.

« Seigneur Ganesh, invoqué-je, donne-moi le sens de l'orientation et permets-moi de trouver la sortie. Ça urge ! Amen ! »

Puis je décide de jouer mon va-tout.

Je fonce, le père Trikviitt ballotte sur mes épaules comme un sac de pommes de terre qui ne contiendrait qu'un peu de bois mort.

— A gauche, à gauche, la petite porte basse ! me clafouille-t-il dans la portugaise.

C'est vrai qu'il a fréquenté le palais pendant des années, le vieux bougre.

Heureusement !

Ganesh vient de m'exaucer en me procurant un cornac.

*
**

Nous ne passons pas moins de huit portes (deux basses, trois doubles, deux dérobées et une cochère) avant de nous retrouver hors du palais.

J'ignore si vous connaissez Khunsanghimpur? Je crois utile de rappeler à ceux qui y ont tété que le palais rose se dresse sur un cobra rocheux, et qu'au pied de ce naja s'étend une forêt qui inspira Kipling quand celui-ci écrivit « *Le livre de la Jungle* ».

Mon vieux et vénérable guide continue de me driver avec une sûreté de carte Michelin.

— Contournez le mur d'encloque (1), vous trouverez un sentier étroit. Il faut le prendre.

Dont acte.

— Est-ce que vous apercevez un petit pont de lianes au-dessus du gouffre de Phâdhirak?

— Je.

— Prenez-le... Une fois que nous serons parvenus de l'autre côté, tranchez les cordes qui le maintiennent; cela retardera nos poursuivants qui seront obligés de contourner le massif de Lagranhchârtreuz pour atteindre l'autre bord.

Au lieu d'obtempérer, je dépose le bonhomme dans l'herbe galeuse.

J'écoute.

Y a remue-ménage au palais.

On entend barrir les hommes, crier les éléphants. M'est avis que mon crime de perce-majesté a dû mettre le comble à la hargne de nos ennemis.

— Pourquoi cessez-vous de fuir, mon fils? interroge l'ascète.

— Parce que la ruse est préférable à la débandade, mon père! réponds-je avec cette pertinence qui n'est pas la plus mince de mes nombreuses

(1) Aux Indes on ne dit pas le mur d'enceinte depuis la campagne entreprise pour la régularisation des naissances.

qualités (dont nous adressons la liste complète à toute personne qui en fait la demande, en échange de sa photo dédicacée).

Ayant déclaré, je m'engage seul sur le petit pont de lianes qui se balance sous mon poids.

Parvenu à son extrémité, je crampone fortement le cordage servant de rampe, puis, d'un coup de mon poignard, je coupe l'une des ficelles maintenant la culée droite de la passerelle (les ponts et déchaussées de Khunsanghimpur la refont chaque année entre deux moussons, car au Bandzob on pratique le culage à sec). Après cette opération, évidemment bien sûr, le frêle pont est déséquilibré. Mais un gars de ma souplesse n'en a cure. Précautionneusement, je regagne la rive que je viens de quitter.

De quoi frémir, mes lurons!

Tout en bas, à deux cent quatre-vingt-trois mètres virgule trente-six, coule le Sééminal, dans une accumulance de roches haineusement dressées.

Ouf : la terre ferme!

Je reprends mon ya, l'assure bien dans ma main, ferme un œil, retiens mon souffle, élève mon âme à Dieu, attends la réponse, crois la percevoir, l'enregistre, place mon bras armé derrière ma tête, vise, concentre mes forces, bande mes muscles et lance le coutaille.

Un choc vibrant.

Dans le nœud! Tous mes compliments, San-Antonio! Tu restes égal à toi-même.

Et tu es le seul!

Je vise la corde sectionnée que le poids de la passerelle détortille. Les brins qui ont permis de la tresser se désunissant comme des poils de frifri sous la douche. Et puis, c'est le Vrrrranzzzzschplock!

Le pont végétal (on trouve très peu de pont animal aux Indes) lâche la rive d'en face et se met à pendre comme voici quinze ans la zézette au père Pouhâh !

— A présent, cachons-nous ! dis-je.

Le vieil insectiphage soupire :

— Vous êtes plus rusé que le renard, plus puissant que le tigre, plus souple que le crotale, plus adroit que le singe, mon fils.

— Je sais, fais-je en le ramassant : je suis le zoo de Vincennes à moi tout seul.

— Dissimulons-nous dans les broussailles, fait encore le bon fakir.

Il est ravi de voir que tous mes mouvements cèdent à mon devoir.

A peine sommes-nous planqués qu'une troupe armée se pointe en vociférant, ce qui est l'une des principales caractéristiques de la troupe lâchée sur les traces de fugitifs. Rien de plus bruyant qu'une battue ou une chasse à courre.

On les aperçoit qui déferlent, entre les feuillages. Ils suivent le sentier jusqu'au pont, découvrent que celui-ci breloque comme un porte-clés à son tableau de bord, ses amarres étant sectionnées en face, poussent des cris de désappointement et refluent plus vite et plus bruyamment qu'ils ne sont arrivés.

Bientôt le silence revient.

Nous sommes seuls.

Des busards aux ailes sombres volplanent au-dessus de nos têtes, silencieusement. Des parfums opiacés agressent nos narines.

Le père Trikviitt rampe jusqu'à un buisson de cactus fortement épineux. Il s'étend dessus voluptueusement, pousse un grand soupir pâmé et soupire.

— Voilà quinze ans que j'attends le grand repos. A présent, je puis mourir. Merci, mon fils.

— Hé, pépé, partez pas ! m'égosillé-je.

— Le temps est venu pour moi de quitter ce

monde, mon fils. Je savais que je ne mourrais pas dans la prison de Mâbitâhungoû, Vichnou m'en avait averti, ce qui m'a permis de tenir. Maintenant ma révolution doit s'accomplir. Vichnou ne trompe jamais! Vos dieux à vous autres, Occidentaux, sèment des paraboles mais ne bâtissent pas. Ils parlent de choses générales, et, quand ils ont beaucoup parlé, ils saisissent leurs auréoles et font la quête. Vichnou dit ce qu'il convient de faire, au moment où il faut le faire. Ainsi, tout à l'heure, lorsque vous avez échappé au pied de l'éléphant, vous n'avez fait qu'obéir à l'ordre de Vichnou. C'est lui qui vous a inspiré la ruse du pont. Lui qui vous mènera au succès. Lui, toujours, qui me pousse à vous déclarer ceci : « Retournez aux abords du palais, en suivant la face sud. Lorsque vous vous trouverez à la hauteur d'un sycomore géant dont le front domine toute la forêt, adossez-vous au tronc de l'arbre, là où la foudre en sa fureur inscrivit un profond sillon, comptez trente-trois pas en allant droit devant vous. Vous parviendrez jusqu'à un amoncellement de rochers. Cherchez, vous trouverez une fissure assez large pour permettre à un homme de votre corpulence de s'y glisser. Vous serez dès lors dans la grotte d'Anshokolâ. Personne n'aura l'idée d'aller vous y chercher. En ce lieu, vous aurez l'opportunité de méditer et de prendre les dispositions capables d'assurer votre salut. Merci, mon fils.

« Que Vichnou, Ganesh, Parvati et Krishna vous protègent. Maintenant retenez bien ces paroles du grand jaïn Pièhredâak dont je ne partage pas la religion, mais dont j'admire la sagesse : « La vie n'est la vie que parce qu'elle est la vie. » Grâce à votre grand courage, je meurs heureux. Adieu !

Ainsi parla le fakir Trikviitt, martyr de Khunsanghimpur.

Puis il ferma ses pauvres yeux épuisés.

Exhala un dernier soupir qui ne valait d'ailleurs plus grand-chose et entra calmement dans l'éternité. Pour ma part je me contentai de suivre ses recommandations et d'entrer dans la grotte.

PRIE CHAT SEPT

D'aucons (1) s'étonneront de ma réaction.

Et pourtant elle est telle que je te vas avoir le plaisir de vous la faire part.

Bon, la grotte d'Anshokolâ...

La dénicher est un plaisir lorsqu'on se conforme aux instructions ultimes de ce cher vieux fakir, mis sur ma route par les soins diligents de Vichnou. En v'là un (pas Vichnou, le fakir) qui avait une drôle de sacrée mémoire. Se rappeler les détails de la topographie à ce point tient du prodige. Vous allez me dire que, quinze années durant, il n'a rien eu d'autre à fiche que de se souvenir, mais y a tout de même là une certaine performance, gloire posthume à Trikviitt ! Merci pour lui.

Bon, je reprends...

La grotte d'Anshokolâ...

L'entrée en est étroite, mais une fois à l'intérieur on y est à l'aise.

C'est la salle Pleyel, en un tout petit petit peu plus grand. Il y fait sombre comme dans le cœur d'un blanc ou le cul d'un nègre. Une source récite une aimable litanie avant que d'aller se perdre dans les entrailles de la terre. Je m'y désaltère. L'eau est

---

(1) Je préfère d'aucons à d'aucuns lorsqu'il s'agit de vous z'autres.

exquise. Il n'y manque qu'une mesure de Ricard pour qu'elle soit vraiment parfaite (1). Dans le fond s'élève une montagne de noisettes amoncelées là par les prévoyants écureuils de la forêt à laquelle la grotte sert de silo. J'en croque quelques-unes. Ensuite de quoi, je m'endors.

Oui : je dors.

Malgré l'angoisse de l'heure.

Malgré mon Béru abandonné entre les mains cruelles de nos tourmenteurs.

Je dors afin de récupérer mes forces.

Je dors pour user le temps pendant que les gardes poursuivent leur charge sauvage.

Et puis surtout, oui, vraiment surtout : je dors parce que j'ai sommeil.

Longtemps...
Beaucoup...
Passionnément.
A la folie.
PLUS DU TOUT !

Plus du tout car un bruit me réveille.

Celui d'une pierre qui n'amasse pas mousse (puisqu'elle roule). L'homme san-antonien, vous connaissez ? En selle tout de suite ! Hop ! hop ! Paré pour les dures réalités du moment à l'instant même qu'il a repris conscience. *Je sais qu'il y a quelqu'un dehors !*

Quelqu'un qui cherche l'entrée de la grotte, donc qui en connaît l'existence.

Les alarmes me viennent à l'œil. Holà, messire ! Holà ! les gens ! Qui passe ici cithare ? Car il fait

(1) Je rappelle à mes lecteurs que la publicité à bord de mes ouvrages est entièrement désintéressée. Je suis trop cher pour ne pas en faire cadeau.

nuit. La clarté diffuse qui, à mon arrivée, se faufilait dans la grotte n'est plus. L'opacité crée cécité. J'ai dû pioncer un fameux bout de temps. Ma fatigue envolée, d'ailleurs, me le confirme.

Je me ramasse sur moi-même dans la position du guépard affamé devant un gigot de mouton sur pied.

La lumière ronde d'une lampe de poche coule son halo jaune pâle dans le noir confiné de la grotte.

Les arrivants ne sont qu'un, semble-t-il, à moins qu'ils ne soient disposés en file hindoue. Pourtant, le pas qui accompagne la lumière paraît unique.

Le survenant parcourt quelques mètres à l'intérieur de la grotte. Il s'immobilise. J'entends le bruit un peu haletant de sa respiration réverbéré par la caverne. Puis le faisceau lumineux décrit un arc de cercle bondissant.

— Vous êtes là? demande enfin une voix.

En français dans le texte, les gars!

Je me retiens de réagir. Peut-être est-ce une ruse de Mâbitâhungoû? D'autant que la voix m'a paru féminine.

— Si vous êtes là, montrez-vous, ne craignez rien, je viens pour vous aider...

Je réprime un nouvel élan.

« Fais attention, San-Antonio, murmure ma raison (que je croyais muette pour cause de transformations) ne sois pas chien fou, prends garde à toi!

La femme (car c'est bien d'une gonzesse qu'il s'agit) avance dans la vaste grotte, telle Mademoiselle Soubirou à l'appel de « la dame blanche ».

Je me plaque à culon (1) dans une anfractuosité de la roche.

A présent, la visiteuse est à cinq mètres de moi. Je ne discerne rien d'elle, seule la lampe me renseigne quant à sa position.

(1) Dans le sens de à tâtons.

J'attends qu'elle pirouette pour intervenir. Faut, non ? Ses investigations l'amenant à balayer toute la grotte de son pinceau lumineux, elle finit par exécuter le mouvement de rotation souhaité par votre dévoué serviteur.

Lequel en profite, il est tellement inutile de vous le préciser que je vous serais reconnaissant de biffer cette phrase avec une pointe Bic, merci.

Pas besoin d'ajouter non plus que je ceinture la fille puissamment. Alors je ne vous l'ajoute pas, mais je le fais. Chose curieuse, elle ne regimbe pas.

Votre San-Antonio opportun a le vif agrément de sentir sous ses prestes mains deux seins d'une dureté telle que je les crois en fonte. Je me dis : « cette gerce planque ses œufs plats sous des cloches à melon ».

— Ne soyez donc pas stupide, monsieur le commissaire ! s'emporte la môme, et n'abusez pas de la situation pour me pétrir la poitrine avec une telle frénésie.

Des mots pareils à un tel moment et dans un tel endroit, parole, ça vous chamboule les jointures. De saisissement, j'en lâche le morceau. Lâcher de saisissement, c'est plutôt paradoxal, mais je ne suis plus à un paradoxe près. La lampe s'élève jusqu'à ma fière figure de garçon intrépide.

L'examen est bref. Comme de routine. Simple vérification. La femme savait qui elle allait trouver là ; à preuve, elle m'a donné du commissaire.

— Si c'était un effet de votre bonté, dis-je en saisissant sa loupiote.

Contre-champ sur Mam'zelle Mystère.

Je mets une poussière d'instant à identifier le fabuleux visage durement fouaillé par le stupide éclairage.

— Mais c'est miss 220 volts, la déesse des piscines parisiennes ! m'exclamé-je.

*
**

Son regard intense et velouté essaie de trouver le mien dans la pénombre.

La lampe tremble dans ma main tant est beau le spectacle qu'elle me révèle. Moi qui trouvais sublime la princesse Çavajéjoui! Pauvre cloche, va! Certes, elle est jolie, parfaitement roulée, lascive, ardente. Mais sublime! Sublime? Ah, permettez, messieurs de la Cour, messieurs les jurés, ne galvaudons pas devant moi un terme qui ne trouve sa raison d'être que lorsqu'il est utilisé devant cette créature surgie des ténèbres. L'Hindoue de chez Merdre, oui, elle, est su-bli-me! Elle est ssssu-bbbbbllllliiii---mmmmeheu voilà le mot exact, que je cherchais, dont j'avais un pressant besoin. Epinglez-le tout de suite dans le Petit Robert afin que je le retrouve à la sortie : ssssu--bbbbbllllliiii---mmmmmeheu! Vous ne pouvez vous tromper : ça s'écrie comme ça se mugit.

— Vite! Vite, ton nom, surnaturelle créature, ton nom pour que tu aies un début de réalité. Ton nom pour que mes sens commencent à croire en toi, à t'admettre.

« Tu n'es pas une créature, mais une récréature! Te contempler remplace le sommeil et les gouttes ophtalmiques. Alors vite, pour que tu sois, pour que tout soit, dis-moi ton nom...

— Je me nomme Vahé Danhladesh!

Secousse du camarade Sana.

— Eh quoi, seriez-vous la fille de...

— Oui : la fille de celui qui vous attendait et que ces misérables ont fait assassiner dans le train.

— Mais comment? Mais je... Je ne comprends pas!

Dur aveu pour un flic impétueux que de déclarer

son ignorance. Dure expérience pour un cavaleur que de mendier à une fille des explications. Faut plier son orgueil en quatre et le glisser dans la poche revolver de son slip, ses aminches. Faire taire la voix jacassante de sa vanité. Se déguiser en vermisseau, en vermicelle...

— Parlez, chère Vahé ! Malgré le mauvais tour que vous nous avez joué à Paris, je sens que toute rancune m'abandonne. Je n'ai qu'une idée en tête, je l'avoue humblement : essorer vos jolies lèvres de toutes les vérités qu'elles retiennent, et puis les goûter...

— Oh, je vous prie, balbutie la jeune fille, cessez de plaisanter, la situation est grave.

— Comment diantre saviez-vous que j'étais dans cette grotte, et pourquoi venez-vous m'y rejoindre ?

— Je suis arrivé à Khunsanghimpur ce soir, en provenance de Paris. Les gens de ma secte m'ont appris l'assassinat de mon père en même temps que les événements du palais.

— Qu'appelez-vous les événements du palais ?

— Le mariage de votre ami avec la malheureuse Vadérhétroçatanas dont nous savions tous que son frère cherchait une bonne occasion pour la faire disparaître légalement. Ils vous ont décrit avec une telle précision que j'ai reconnu les policiers de chez Merdre. Les mêmes témoins m'ont raconté votre arrestation ; puis votre évasion en compagnie du vieux Trikviitt...

« C'est d'ailleurs à cause de lui que je suis ici.

— Comment cela ?

— Lorsque j'étais enfant, il nous réunissait dans cette grotte avec les autres gamins du pays pour nous y parler de Vichnou. Quand j'ai su qu'on ne vous avait pas retrouvé, je me suis dit qu'il vous avait guidé là.

— Et mon ami, vous avez de ses nouvelles ?

— Il sera brûlé tout à l'heure, au lever du soleil avec son épouse. Le bûcher est déjà dressé dans la clairière Sîntjâhn'dâark.

— Mon Dieu, imploré-je. Il faut faire quelque chose...

Je jette un œil au cadran phosphorescent de ma tocante. Il annonce trois heures dix.

— A quelle heure le soleil se lève-t-il?

— En ce moment, à six heures quarante.

J'ai un hennissement de détresse.

Me voici démuni, seul, sans arme, dans un pays hostile, contre une troupe de gens en armes. Que puis-je tenter? Espérer?

— Vos amis, dis-je, sont-ils nombreux?

— Des millions!

— Alors ils accepteront peut-être de m'aider à délivrer Bérurier?

Elle secoue la tête.

— Impossible, cela est contraire aux grandes options de notre cause. Les traditions sont encore trop fortement enracinées dans le cœur des hommes de ce pays. Le système des castes continue de prévaloir, et jamais les intouchables, auxquels j'appartiens, ne se risqueront à attaquer les supérieurs. Le *dharma* est toujours en vigueur, et le restera tant que la profonde mutation pour laquelle je lutte ne se sera pas produite!

Bien parlé.

C'est une espèce d'Evita Peron, Vahé! Mais ça n'est pas de discours que j'ai besoin.

— La preuve que tout est à faire, c'est que nous sommes perpétuellement trahis. Il y a dans nos rangs une armée secrète de traîtres qui livrent nos plans aux supérieurs, à peine qu'établis; nos intentions sont connues de l'ennemi, nos projets. Voilà pourquoi nous sommes contrés avec tant de promptitude. C'est à désespérer...

Elle se prend la tête à deux mains.

— Mon père, ô mon vénéré et noble père, lamente-t-elle.

Mon cœur se serre (pour faire place à la peine). A l'instar de la belle Vahé, j'ai envie de m'écrier :

— Mon Béru, ô mon cher et courageux Béru...

Au grille-room, pépère ! Les carbonari ! Servez chaud ! Chauds les marrons ! Poulet grillé ! Minute, cocotte !

Non ! Impossible !

— Comment s'opèrent ces crémations ?

Elle récite, d'un ton mécanique :

— On place les suppliciés sur le bûcher composé de bois de santal et d'autres essences dont la combustion est particulièrement intense et rapide. On y met le feu après que la foule l'ait cerné. Tout brûle tandis que les assistants chantent en chœur le « Khrâmerakhrâmerapâ ».

Vision d'enfer, c'est bien quasiment le cas d'y dire, sacré bon gu !

Vision apocalyptique !

— Vahé, fais-je brusquement, vous êtes venue ici pour me sauver. Je vous en suis reconnaissant jusqu'à la moelle. Faites-moi confiance : je lutterai pour votre cause que je devine noble et juste, mais auparavant, aidez-moi à sauver mon ami.

— Je ne vois guère comment, dit-elle.

— Vous prétendez que les gens de votre secte refuseront de combattre, du moins peuvent-ils nous aider à réunir du matériel de combat.

— Ils n'ont pratiquement pas d'armes, excepté quelques dérisoires poignards...

— Quand je parle de matériel de combat, je ne pense pas obligatoirement à des armes !

— En ce cas, il y a à Khunsanghimpur une bonne vingtaine d'adeptes que j'estime à peu près sûrs.

— En ce cas, faisons vite, Vahé : il ne nous reste plus que trois heures pour agir !

PECHA TRI HUIT

Sur moi donc, cette troupe s'avance...
Eléphants en tête, comme toujours ici.
Bille en tête, même !
Des masses !
Todontes !
Ils amènent dans leurs palanquins Mâbitâhungoû,
la très belle et très garce Çavajéjoui, et, verdâtre à
cause de la blessure par moi infligée à sa dégueulas-
serie d'abdomen, le vilain Tanhnahunecomça.
Des lanciers encadrent le cortège.
Suit une carriole traînée par des parias dans
laquelle se trouve Bérurier.
Puis une charrette tirée par deux vaches blanches
où l'on a placé la conne de Mme Bérurier bis, ex
Vadérhétroçatanas.
A voir !
La cavalcade, ou plus exactement l'éléphancade
Barnum.
Des joueurs de fifres bandzobiens font entendre,
dans le matin peuplé par ailleurs de chants d'oi-
seaux, l'aigre musiquette des services funèbres.
La foule suit. Des femmes en saris blancs. Des
hommes en pyjamas bleu nuit !
C'est impressionnant.
Là-haut et là-bas, côté Chine, le soleil se lève.
Bien rond, bien vitaminé.

Le bûcher ressemble à un immense piédestal sans statue. Bientôt, il va recevoir des gisants !

La caravane se met en arc de cercle dans la vaste clairière au centre de quoi s'édifie l'affreuse chose.

— Allez ! crie Mâbitâhungoû en sanscrit.

Illico, des gardes s'emparent de mon bien cher Béru. Le Gros est ficelé d'étrange manière. Il a les mains entravées ainsi que les jambes, mais ce de manière assez lâche pour qu'il puisse accomplir quelques mouvements. Les aides-bourreaux l'obligent à gravir une échelle appuyée au bûcher. Parvenu à destination, Pépère se retourne pour apostropher la populace.

— Les gars, dit-il, je vous annoncer une chose : dans pas longtemps, ça va renifler la friture dans le secteur, biscotte le bonhomme a des réserves de graisse.

Puis, tout particulièrement à l'intention de son beau-frère :

— Lucien, ajoute le brave bonhomme, t'es un frangin en peau de vache. Je dépose une protestance seule-à-nelle comme quoi t'as pas le droit de fricasser ta sisteur vu que not' mariage n'a pointe été consumé, et j'y déplore. La pauv' biquette va rôtir avec son berlingue. Des charognards comme tézigue, on peut pas trouver pire. Aussi, tout Maharajah que tu es, j' te maudis de pieds en cape et je souhaite que ma fumée t'étouffe.

Cette malédiction style Jacques de Molay (revue et corrigée Alexandre-Benoît) jetée, le Mammouth tend la main à son épouse.

— Allons, viens, ma pauvre louloute, lui dit-il. La femme au foyer j' voyais ça autrement. Mais quand on a Landru comme frère, faut s'attendre à des trucs... fumants !

Là-dessus, les deux jeunes mariés s'allongent sur les rondins.

Mâbitâhungoû fait un geste.

Les chants funèbres retentissent. Le bourreau prépare sa torche et vient allumer les brindilles croustillantes. Elles sont sèches comme des biscuits. Pourtant, contre toute attente, la flamme de la torche ne se communique pas au bûcher.

Stupéfait, l'homme insiste. En pure perte : le feu refuse de prendre.

Il essaie de le mettre à un autre point de l'édifice de branchages.

Sans plus de résultat.

Un murmure passe dans la foule.

Les prières s'arrêtent.

On devine la stupeur ambiante, l'incrédulité. Une sorte d'espèce de début de frayeur religieuse.

— T'as des problos, Mec, lance le Courageux (ô combien!). Tu veux mon Feudor?

Sa boutade joyeuse ne détend pas l'atmosphère.

Agacé, Mâbitâhungoû crie un ordre.

Deux autres mecs allument alors deux autres torches pour unir leurs flammes et leurs efforts à ceux du bourreau.

Rien!

C'est le moment de la big action, mes frères.

Un long hululement part des frondaisons. Il s'enfle, s'enfle, terrible, fantastique. Bien que c'est moi qui l'aie enregistré sur le minicassette de Vahé, une heure plus tôt, si je vous disais qu'il me file presque les copeaux? Faut dire que les échos de la forêt l'amplifient, le caverneusent, l'horribilisent...

La foule se jette à genoux.

Mais c'est pas fini.

Au contraire : ça commence tout juste... Parce que je n'ai pas fait qu'ignifuger le bûcher en vaporisant dessus les seize extincteurs piqués dans l'usine de produits chimiques de la localité voisine.

Aidé de Vahé et de ses potes, j'ai préparé d'autres gadgets surchoix.

Au plus paroxysmique du hurlement, une misérable forme se détache du faîte d'un arbre géant bordant la clairière. La forme se met à traverser l'espace nu, au-dessus du bûcher. Elle paraît voler...

Et cette forme, Dieu me pardonne, c'est le cadavre du pauvre fakir Trikviitt accroché à un filin de nylon tendu d'un arbre à l'autre.

Nom de Vichnou, cette trouillance générale ! The panique !

Les maharajahs glaglatent comme les copains !

Pour couronner le tableau, les cartouches de dynamite piquées dans une carrière de reblochon voisine et que j'ai disséminées dans les troncs creux du voisinage explosent, au commandement de mon détonateur, à qui mieux mieux.

Les sycomores, les fromagers, les tubless, les contraktuels, les polyvalents éclatent et se couchent à grand fracas.

Alors c'est le sauve-qui-peut.

Et ils peuvent tous.

Les éléphants donnent le signal sans attendre la sollicitation de leurs mahouts (c'est le nom des cornacs dans l'Inde, je vous dis ça pour vous montrer que je suis vachement documenté et que j'aurais pu vous écrire ce polar en sanscrit si j'avais voulu !).

L'on dirait qu'un tremblement de terre secoue la région. Ça fuit ventre à sol. Les gros écrasent les petits, comme toujours. Le lait des vaches sacrées tourne en beurre d'Isigny. C'est beau, dans le genre. Grandiose sur les bords. Inespéré comme résultat.

J'aurais pas osé en souhaiter autant ! Pleine réussite ! Les pachydermes font des nœuds avec leurs trompes. Des cardiaques infarctusent. Des dames enceintes mettent bas. Des lanciers s'entrelardent.

On fuit, on part, on va ailleurs, on s'éloigne, on disparaît.

N' nous reste plus que d'aller récupérer les deux tourtereaux sur leurs branchages et de les embarquer à bord de la jeep empruntée à un ingénieur anglais.

Chouette type, le consul de France à Bombay. Fort heureusement, il me connaît pour m'avoir rencontré deux années auparavantes à une réception donnée par le Préfet de Police.

Mon coup de téléphone l'atteint au moment où il sucrait son café au lait. Il est homme d'action, capable d'initiatives d'envergure.

— Il y a un terrain d'aviation à Habreûvnôosiyon, la ville la plus proche de Khunsanghimpur, me dit-il, je vous envoie immédiatement un avion-taxi, j'espère qu'il sera sur place d'ici deux ou trois heures...

C'est gentil à lui, non ? Moi, je trouve que des diplomates de cette trempe, y en n'a pas chouchouille.

— On n'a pas cramé, mais malgré tout j'ai eu chaud, déclare Béru.

Nous sommes dans un bar en planches tenu par un vieux Britannique couperosé, au bout du terrain. Le Gravos en est à son quatorzième scotch.

— Et tu dis que c'est grâce à la petite greluse de la piscine qu'on s'est sorti de la mouscanche ?

Il adresse une œillade coquine à Vahé.

— Merci pour la rattrapade-maison, mon petit cœur. Vous êtes rentrée dans mon estime par la grande lourde. Pourrait-on savoir le pourquoi de votre comportage plus singulier que pluriel?

La jeune fille a un léger sourire plein de mélancolie.

— Tout cela est beaucoup plus simple que vous ne vous le figurez, dit-elle.

Je lui prends l'épaule d'un bras sûr et ferme.

— Je n'ignore pas que vous avez beaucoup souffert, Vahé, mais j'aimerais savoir... Nous avons été trop occupés, jusqu'à présent, pour pouvoir parler, nous mettre à jour, maintenant, nous avons le temps... Avant tout, oh oui avant tout, parlez-moi de ce fameux produit, enjeu d'aussi fortes convoitises...

Le soleil, qui se fourvoie par une vitre poussiéreuses, transforme sa pommette admirable en bronze vieilli.

— Il s'agit d'une découverte réalisée par Célestin Merdre à partir d'un dérivé du pétrole et qu'il a baptisée *obésidon*.

Une vraie décharge électrique...

C'est comme si je croupissais depuis plusieurs jours dans une pièce obscure; d'une secousse on vient d'ouvrir les volets en grand.

La lumière des quatre vérités m'éclaire, embrase l'affaire jusque dans ses moindres recoins. Il a suffi d'un mot, même pas : d'un néologisme. Ce terme complète certains recoupements qui s'étaient élaborés dans ma petite tronche. Il est le déclic! L'éclair qui met le feu à la poudre de mon intelligence (1).

— Attendez, Vahé chérie. Ne dites plus rien, j'ai à cœur de deviner. Je vais vous prouver qu'un flic parisien sait faire travailler ses méninges.

Elle sourit.

(1) Merci, et vous?

— Vous me l'avez déjà prouvé au cours de cette fin de nuit, dans la clairière...

— Ce n'était rien, qu'un petit coup de système D désespéré pour tenter l'impossible. A présent je marne au ralenti, façon Sherlock, en interprétant les éléments mis à ma disposition...

« On y va ?

— Je vous en prie, fait la jeune fille, intéressée, voire amusée par ma fougue.

— Vous avez connu le fils Merdre à Bombay où il est venu disputer le match aller de la grande rencontre de hockey France-Inde ?

— Juste.

— Cela doit faire, si mes souvenirs sportifs sont exacts, environ six mois ?

— Exact.

— Vous êtes tombés amoureux l'un de l'autre ? Elle a une expression évasive.

— Enfin, lui du moins a-t-il eu le coup de foudre pour vous, ce que je conçois vous ne pouvez savoir à quel point !

— En effet.

— Vous avez bavardé, et il vous parlé de la découverte de son père ?

— Oui.

— J'ouvre une parenthèse pour vous demander des précisions en ce qui concerne l'Obésidon.

— C'est un produit au pouvoir nutritif absolument fantastique. Il est aisé à fabriquer et d'un prix de revient très bas. Bref, il peut constituer le salut du tiers monde !

— Vous avez aussitôt mesuré les perspectives d'avenir qu'il offrait, et vous avez proposé à Jacques Merdre de l'expérimenter en premier lieu dans votre « vallée de la faim ».

— C'est cela même, monsieur le commissaire...

— Je vous en prie, pas de « monsieur le commissaire » entre nous, appelez-moi chéri, ça ira plus vite !

Elle rougit et baisse ses longs cils obsédants (1).

Manière de lui dissiper la confusion, je m' hâte d'enchaîner :

— Il a accepté.

— Non, il voulait auparavant en parler à son père. Célestin Merdre était un homme plutôt despotique...

— Pourquoi dites-vous « était » ?

— Parce qu'il est mort.

— Ah, il...

Je frappe le vieux comptoir de bois d'un poing brutal.

— Un autre scotch, gentleman ? questionne le taulier.

En v'là un qui se couche probablement avec une boutanche de raide sur sa table de noye en prévision de ses réveils blafards. Il doit tellement sucrer, le matin, avant de prendre sa dose, que pour faire pipi il fait sûrement appel à la main-d'œuvre étrangère histoire de ne pas se mettre le compteur à zéro.

— Oui, un autre ! Ça s'arrose. Je viens de comprendre LA vérité, Vahé. *Le dénommé Monbraque n'était autre que le maigrichon monsieur Merdre ayant expérimenté sur lui-même l'Obésidon ?*

— Bravo !

— Eh ben merdre ! renchérit Béru. V'là donc à cause de quoi il avait soi-disant disparu...

— *Il n'avait pas disparu : il s'était transformé !* complété-je. Ce qui explique qu'il ait répondu au téléphone quand son livreur lui a appris la mort de Jacques. Et ce qui éclaire son suicide. C'est un père désespéré qui s'est défenestré. Lorsque nous avons

_____

(1) Un jour que nous aurons le temps, je vous dessinerai des « longs cils obsédants », promis !

sonné, il venait à l'instant d'avoir la révélation du drame. Le mot « police » que j'ai lancé dans le parlophone a été pour lui une espèce de ratification de la tragédie : alors il s'est balancé par la fenêtre. Que faisiez-vous chez les Merdre, ma Vahé-très-chérie ?

— J'étais venue négocier l'achat de l'*obésidon* par ma secte. Elle représentait le salut, la victoire de notre caste d'intouchables sur la caste supérieure. Imaginez tout mon peuple bandzobard devenant athlétique en quelques jours ! Du coup ces vieilles traditions millénaires qui ne survivent que par la faiblesse de mes frères allaient être balayées. Nous allions nous emparer des palais, des terres, des richesses. Les répartir. Vivre, enfin ! Mieux : devenir un peuple puissant !

Elle s'exalte. Ses grands yeux sombres prennent des teintes de topaze au soleil.

— Donc, Célestin Merdre allait vous céder le produit ?

— Il hésitait. J'ai compris pourquoi depuis le drame. Les traîtres qui pullulent dans nos rangs, les lâches prêts à vendre les promesses du futur contre un bol de riz ont informé les Maharajahs de ce qui se préparait.

— Alors les princes ont pris peur, ils se sont unis pour mieux s'interposer.

— Oui. Ils se sont fait tenir au courant de toutes les tractations en cours. Ils ont engagé des hommes de main. Leur puissance est immense puisque leurs richesses sont sans limites.

— Revenons-en aux événements de Paris. Un point me chicane l'entendement : que vient faire la drogue dans tout ça ?

Vahé hoche la tête.

— Hélas, ç'a été le point noir. Vous le savez donc, Célestin Merdre a essayé l'*Obésidon* sur lui, après de nombreux tests sur des cobayes ; malheureusement, il n'a pas su doser ses prises convenablement et il est devenu ce que vous avez vu. Je vous laisse à imaginer ce que peut ressentir un homme mince et nerveux quand, en moins de quinze jours, il devient un monstre de deux cents kilos ! Ses nerfs n'y résistaient pas...

— Alors, la came, c'était pour lui ?

— Oui. Il voulait avoir une provision pour s'assurer de ne jamais être en manque. Malheureusement, nous n'avons pu souscrire à cette exigence. Il a donc traité, sans que je le sache, avec les représentants des maharajahs. En échange de vingt kilos de drogue, il acceptait de leur céder un échantillon de son produit. Une fois celui-ci expérimenté, il aurait traité avec eux.

Ma pensée caracole.

— Mais alors, Vahé, si cet échange se faisait avec la complicité du goal de l'équipe hindoue de hockey sur glace, pourquoi venait-il en personne et sous une fausse identité au Bandzob ?

La ravissantissimissime a plusieurs crispations de mâchoires avant de répondre.

— Parce que Célestin Merdre était à la fois un génie et une canaille cupide, et qu'il avait décidé de traiter avec les deux partis à la fois pour ramasser une fortune colossale (et non déclarée).

— Voualà biscotte il a dit « C'est ma faute » quand le chauffeur y a annoncé que son chiare venait d'êt' rectifié, rappelle Béru.

— C'est vrai, Gros, tout s'explique. Tu comprends, les gens des maharajahs viennent procéder à l'échange : came contre échantillon. Au début ça se déroule selon le plan convenu : Jacques assomme le goal. De faux infirmiers l'emmènent. Seulement y'a de l'eau dans la tuyauterie de gaz : nous. La bagnole de Pinuche cause l'accident auquel tu as assisté. Pour le coup, la combinaison pleine de came n'arrive pas à destination. Or, Jacques Merdre devait livrer l'échantillon après la réception de l'héroïne. Un coup de fil à l'usine — où se rendaient les faux brancardiers et « leur blessé » — lui apprend que l'équipage n'est pas arrivé. Soucieux de ne pas être floué, Jacques refuse de remettre l'échantillon à ceux qui l'attendaient. Il enfourche sa moto et file aux laboratoires. Du coup, les gens de la bande qui eux aussi ignorent l'accident, se croient également baisés en canard et emploient les grands moyens.

« Histoire de fous!

— Signée Pinuche, ricane le Gros. Sans sa voiture à la mords-moi le carburateur... Bon, dites, tout ça devient net, mais je voudrais savoir pourquoi vous nous avez joué ce vilain tour quand t'est-ce on s'est pointé chez Césarin?

Vahé secoue la tête :

— Je ne vous ai pas crus quand vous avez prétendu être des policiers !

— A cause? s'étonne Bérurier.

Elle nous couvre de son regard ardent, pathétique.

— Ni l'un ni l'autre ne ressemblez à un policier, assure-t-elle en se retenant de sourire. Alors j'ai eu peur. Vous m'annonciez la mort de Célestin Merdre que je croyais dans la pièce du dessous. J'ai pensé au système d'électrification que Jacques avait fait aménager et dont il se servait pour son entraînement. Un procédé canadien, paraît-il... Je me suis comportée avec vous comme si vous étiez des tueurs à gages.

— Et vous nous avez drôlement possédés, mon petit ; comme j' sus beau joueur, je vous tire mon bitos !

Alexandre-Benoît cligne de l'œil et ajoute :

— C'est vrai, M'selle Vahé, que vous faites partie des Intouchables ?

La jeune fille acquiesce farouchement.

— C'est vrai, dit-elle. Et je m'en vante !

Le Gravos éclate de rire.

— Intouchable, pouffe-t-il ! Intouchable... Avec San-Antonio, ça m'étonnerait que vous le restiez longtemps !

Un ange passe.

Il précède l'avion que nous attendons, et dont nous commençons à percevoir le ronron, au loin...

— Je me demande bien ce qu'est devenu l'échantillon d'*obésidon*, dis-je, manière de remettre la converse sur sa rampe de lancement. Si les tueurs de Jacques se l'étaient approprié, Tanhnahunecomça ne m'aurait pas proposé un viaduc d'or en échange du produit...

ABOMINABLE CONCLUSION

— Vite ! Vite ! m'sieur l'inspecteur !

En nous voyant débouler dans la cour de la Grande Cabane, le brigadier Poilala s'est littéralement rué sur notre taxi. Un léger salut militaire et il a clamé son « vite-vite ».

Cela s'adresse à Bérurier, vous l'avez compris, sinon il aurait crié « vite vite, monsieur le commissaire ».

— Je pressens une catastrophe ! balbutie Béru.

— P't'être pas, mais ça y ressemble, renchérit le brigadier, c'est Mâme Bérurier votre épouse qu'appelle toutes les heures de chez votre cousin d'Embourbe-le-Petit pour demander qu'on vous joint, comme quoi faut que vous allassiez d'urgence la trouver rapport à des faits d'une importance primordiale.

— Elle a pas précisé lesquels sont-ce ? demande le Mastar.

— Non, mais sa voix était de plus en plus anxieuse.

Mon ami se met à claquer du râtelier.

— Madoué, qu'est-ce il a pu arriver ? Tu viens avec moi, San-A. ?

On n'abandonne pas un frère dans l'angoisse. J'ordonne au bahut de foncer sur l'autoroute de l'ouest.

**
*

Le cousin Evariste derrière une méchante moustache rousse... Sa femme, une punaise blette... La
tante sourde, le grand-père paralysé, Berthe, très
pâle, avec des yeux cernés... Marie-Marie pas fié-
rote non plus...

Tout ce monde est terré dans la cuisine au
moment où notre G 7 stoppe devant le seuil de la
ferme.

Bérurier se précipite.

Regarde sa famille atterrée.

— Eh ben? chevrote le digne inspecteur, eh ben
quoi? En v'là des manières d'affoler l'homme.
M'avez tous l'air d'attaque dans le patelin!

— Ah, tu trouves?

C'est le cousin Evariste, rogue, teigneux...

— Entrez tous et fermez vite la porte, cré bon gu!
nous houspille-t-il.

On obéit, sans comprendre.

Il prend le brandillon de son gros cousin et
l'entraîne jusqu'à la fenêtre de derrière, celle qui
donne sur les champs.

— On a l'air tous d'attaque, hein? Et ça, alors?
explose le nabus.

Bérurier regarde et pousse un cri. Je m'approche.

Drôle de zoo. Inquiétant! On se croirait devant
une gravure de Gustave Doré.

— Vous élevez des autruches? je demande...

— C'est pas des autruches, c'est des poules!
fulmine Evariste.

— Hein!

— Faitement!

— Et ces grands vautours?

— Des corbeaux!

— Et ces gros serpents?

— Des vers de terre !

Nous hochons la tête devant les monstres qui grouillent dans le champ.

— Qu'est-ce que ça veut dire ? murmure Bérurier. Y s' passe quoi donc dans ton esploitation, Variste ?

Le moustachu crache à terre, écrase les éventuels bacilles du pied pour empêcher qu'ils se changent en crabes géants et déclare :

— Y s' passe que ta vaurienne de nièce a mis dans le pré j' sais pas quelle saloperie dont les bêtes que voilà ont bouffé. Depuis, elles grossissent d'heure en heure !

— C'est pas une saloperie, c'est une tenue d'hockeyeur ! proteste la Mômasse. T' te rappelles, Santonio, je t'avais demandé la permission de l'emporter. J'en ai fait un épouvantail, regardez... Mais à peine que je l'ai eu placé sur deux bâtons, toutes les bêtes se sont jetées dessus.

Miss Tresses me désigne l'épouvantail. Il est en haillons. Alors je pousse un grand cri.

— Triple c... ! m'exclamé-je.

— Dites donc, rechigne Evariste, c'est à moi que ça s'adresse ?

— Non, mon pauvre ami, à moi...

Je me battrais !

M'invectiverais... *Car cette tenue, mes amis, sur le moment, j'ai cru que c'était celle de Jacques Merdre. Je n'ai pas pris garde à ses couleurs. Or il se trouve que c'était une tenue indienne !*

J'explique à Béru et à Vahé :

— Elle est en *obésidon* compressé. Jacques devait la remettre aux gars de la bande des maharajahs une fois la drogue en lieu sûr. *Comme moi, les assassins du jeune homme n'ont pas pris garde à cette tenue fixée sur le porte-bagages de la moto.*

J'embrasse Marie-Marie.

— Bravo, moustique, sans toi, une grande découverte se serait perdue. Quant à vous, cousin Evariste, vous allez pouvoir faire une petite fortune en revendant ces bêtes anormales à des zoos. Vahé, dans mes bras! Le Bandzob triomphera de ses tyrans!

Gagné par mon enthousiasme, tout le monde fait « youpi ». Sauf la tante sourdingue.

Et sauf Berthe qui semble sinistrement méditative.

— Alexandre-Benoît, gronde-t-elle soudain, au plus fort de la liesse générale, peux-tu m'expliquer qui est cette petite personne avec j' sais pas quoi au nez et une robe en voile blanc qui te tient par le pan de ta veste depuis que t'es arrivé?

— Ça? C'est ma femme, répond étourdiment Béru en jetant un regard attendri à Vadérhétroçatanas.

— Comment, TA FEMME! meugle la Baleine.

Pépère avale sa salive.

— Ma femme... de ménage, termine-t-il. Je t'en ai ramené une des Indes. Elles sont pour rien, là-bas et y a pas de Sécurité Sociale à payer!

FIN

Achevé d'imprimer en décembre 1986
sur les presses de l'Imprimerie Bussière
à Saint-Amand (Cher)

— N° d'impression : 3118. —
Dépôt légal : janvier 1987.
Imprimé en France